U0458983

兰 尼

星星、植物与只言片语

*

*

*

Max Porter

〔英〕马克斯·波特 著

普照 译

人民文学出版社
PEOPLE'S LITERATURE PUBLISHING HOUSE

著作权合同登记号 图字 01-2022-4554

Lanny

by

MAX PORTER

Copyright : © Max Porter, 2019

This edition arranged with AITKEN ALEXANDER ASSOCIATES through Big Apple
Agency, Inc., Labuan, Malaysia.

Simplified Chinese edition copyright:

2022 SHANGHAI 99 READERS' CULTURE CO.,LTD.

图书在版编目 (CIP) 数据

兰尼：星星、植物与只言片语 /（英）马克斯·波
特著；普照译. -- 北京：人民文学出版社，2023（2025.4 重印）

ISBN 978-7-02-017598-7

Ⅰ．①兰… Ⅱ．①马… ②普… Ⅲ．①中篇小说－英
国－现代 Ⅳ．① I561.45

中国版本图书馆 CIP 数据核字（2022）第 220510 号

责任编辑　朱卫净　郁梦非
装帧设计　钱　珺

出版发行　人民文学出版社
社　　址　北京市朝内大街166号
邮政编码　100705

印　　刷　凸版艺彩（东莞）印刷有限公司
经　　销　全国新华书店等

字　　数　106千字
开　　本　850毫米×1168毫米　1/32
印　　张　5.875
版　　次　2023年1月北京第1版
印　　次　2025年4月第2次印刷

书　　号　978-7-02-017598-7
定　　价　49.00元

如有印装质量问题，请与本社图书销售中心调换。电话：010-65233595

平和，我的陌生人是一棵树，

历经种种必经的不适、

考验和突发事件，

自然生长。

翠绿而坚决

痛苦地呼吸

但它仍释出平和，心灵、成长

与移动的平和。

带着这发绿的甜蜜

它走遍所有土地，

沿路天空和太阳对它的习性温柔以待

就像我对你的习性温柔以待。

丽奈特·罗伯茨[1]《绿色牧歌（I）》

1　丽奈特·罗伯茨（Lynette Roberts, 1909—1995），原名伊芙琳·贝阿特丽斯·罗伯茨，威尔士诗人、小说家。作品书写的主题包括战争、自然风景和她所居住的威尔士小村庄的生活。——本书注释均为译注。

1

死掉的齿草老爹从他宽及一英亩[1]的站立着的午睡中醒来，刮掉身上因布满液滴状垃圾而闪闪发光的梦的沥青渣。他躺下，聆听土地的颂歌（什么也听不到，就自己哼起来），然后缩小身体，用一枚生锈的易拉环给自己割出一张嘴，吸食着地上由富酸护根物和果香味食腐生物组成的潮湿覆盖层。他分裂，摇摆，分离，重组。他咳出一只塑料壶和一枚石化了的避孕套，要吐一口破碎的玻璃纤维浴缸时顿了一下，踉跄着扯掉面具，感受自己的脸，发现是由长埋地下的单宁酸瓶做成的。维多利亚时代的垃圾。

暴脾气的齿草老爹万不该在午后睡着——他弄不清自己是谁了。

他想杀戮，便唱起歌来。歌声听起来缓慢——简直像热浪下的柏油路上冒出来的气泡。他咧嘴笑了足有令人尴尬的一小时，而后高兴起来，用有教养的傻瓜面对干燥的纸翅膀和树皮下的党羽时会发出的声音，向他去年留在这里的记号，向老鼠和云雀，向田鼠和鹿，向自己作为乡村课程的一部分而周期性可靠的古怪记忆，喋喋不休地诉说起来。他穿脱了一套又一套整脚装束，一边咒骂着，一边在树丛间"沙沙"地缓慢移动。他变成身穿荧光色背心的

1　1英亩约等于4047平方米。

工程师，走了几步。他身着晚宴小礼服迈出一步，变成一座安德森避难所，又穿上一套运动服，再变成生锈的吉普车引擎盖，再然后穿起一条皮裙，但没一套是称心的。变成排气管时，他顿了一下，又蠕动着变成兔子陷阱，然后是被尿浇过的荨麻，再然后变成被勒到面色发红的小羊。他从空中捉住一只黑鸟，用力敲开它黄色的喙。他凝视着那被扯开的面孔，仿佛盯着一泓清池。他把鸟抛过森林舞台，在光秃秃的林地上站起来，身上长满灌木，跺了跺生出渍纹[1]的脚。他的身体是一套树皮盔甲，表面刻着逝去多年的少年恋人的姓名首字母。他噔噔噔重步穿过树林，彻底清醒了，渴望着一场聆听。

只有一件事能让暴脾气的齿草老爹开心。那就是聆听。

他以完全同步于黄昏的速度滑过地面，到达他最爱的地点。浸润在暗淡的光中，村庄端坐着迎接他。他爬进只容一人通过的窄门。他隐形，耐心，化作跳蚤大小。他静静坐着。

他聆听。

来了。

树苗

─────────────

1　渍纹是独见于枫木的罕见纹理，形成于树木行将死亡时与真菌的相互作用。

人声，系附在他的趣味上，被拖拽着穿过田野，再被吸入他巨大的渴求之中。

私人财产，

蜂巢

妙极了。

我眼睛里进洗发水了，　　　意外收获

一天中的美好时刻。

按一下暂停，没看见老爹，那边好臭啊，侧一下杯子

现在，这一切环绕着他，他探手进去，优雅地抽取出一条条线来，像一位指挥家指引管弦乐团的乐声，

苗木

然后

把它

扔进垃圾桶

熟练地，从容地，像时间让死亡慢慢作用于一个有机体，一点点地，聆听。他听到他的村庄在临睡前翻了个身，

滚开，艾伦

瓦数高太多了，美妙的梦

风扇传动皮带尖叫

清理忘喝的牛奶

正在和老佩吉聊天

每　一

大口，

活着的诡异时刻，

你膝盖怎么样了，只是人工草皮灼伤　不是癌症

老爹非常生气，杜松子酒多点儿汤力水少点儿

秋天是一位冷酷的外科医生，

死掉的齿草老爹呼气，放松，懒洋洋地倚在栅栏内

侧的台阶上，微笑着，饮用这一切，他的英格兰交响乐，

岩石嘎嘎响，把值班名册压成薄片

阿涅塔体重长了，

九岁就失控了，

在榆树之家的一场签约，

我值得信赖的朋友戴尔瑞尔，

快速
踢场
球，

原来的窗户，急忙赶往镇上，

老人们死去，

小蜜橘沿街道剥落，像一条寻宝小径，

小混蛋，

有趣的光，

特快专递和签收

不是一回事，

国家也会出毛病，

又没见过这么爱喝可乐的家伙，

唱诗班与饮酒作乐毫不搭调，可悲

让人讨厌的父母

脏乎乎的美，

再喝最后一杯就睡，　堵住的下水道，

邋遢样的姜黄头发孩子欺负我们亚伦，

伊朗或哪里人，

进进　　出出　　如风，

希拉的咸味焦糖布丁乖乖老天爷啊我死了，上天堂了

九镑，

他在里面游动，大口吞吃，把自己裹进去，把声音
往全身各处搓揉，塞进身上的洞里；他咕噜咕噜漱口，
玩耍，不时打断，去吃点儿，舔一舔，而后咂咂地喝下
这些声音，希望声音在他的舌头上啦啦冒泡，

那样的苹果，教授这么说，　　呕吐物做的乳蛋饼，

那扇门上她靠了七十个夏天的地方磨损了
像性感的狐狸一样尖叫，　　他是个流浪大盗，

厕所的状况，光纤，我们立场要坚定，
先把锡纸放在托盘上，
少用抗生素，奶牛更健康，

无尽的呻吟，

9

邪恶的老疯子，那台小摩托的车况，　破衣烂衫那么鄙俗，
琳达·责任，

　　　九个蓝色选区的选民都很明智，

　　　　　　　　　　　　　　你或我，

　　　　　　　乞求周五能搭个顺风车，
多熨几件衣服，然后喝杯茶，

　　　　　　　　　　　送给聪明人肯一个词，妖艳荡妇，

信仰马克思主义的针织工们团结起来，　游戏机坏了，

　　　　　　　　　　戴夫有大把大把的大丽花

　　　　死掉的齿草老爹咀嚼着此间的嘈杂声响，等待着最
喜欢的滋味，他还没尝到，

我以前是学校老师，所以我完全了解凸脑壳是怎么一回事，

　　　　有男孩小树苗、女孩小树苗和一英尺高的婴儿欧洲蕨，
　　漂亮的双下巴怎么啦，

　　　　　　　　　为两天的美丽连根拔除一堆蓝铃花，
胖帕姆为司康饼和果酱发狂，

　　　　　　　　　和他讲讲那窝会被破坏的蛋，换频道，
有用的堆肥，　　给他回短信，
罗伊又发作了，　亚什维在工作日晚上募捐，

　　　　　　　风流事够了看看他老婆，除非我死了，

　　　　　我看见护理员们进去了，但珍说他们迟到了，

茁壮的茉莉，　　二十个俯卧撑和一次五指洗牌，

　漏水的水罐，　为我提前一个月做计划而吼我

　　　　　　　　　　环保袋，汤博拉彩券，

突发故障，随用随付，就是不受欢迎，培养出
有毒的男子气概每 一家 读书俱乐部， 煤气罐像只蝼蛄那样咝咝漏气，

　　然后他听到了，清晰而真切，他最中意的可爱声音。
那个男孩。

　　　　它会有海豚的头和游隼的翅膀，它会是一只风
　　暴预警兽，在我们睡觉的时候观察天气。

　　死掉的齿草老爹用染病的落叶松胳膊抱住自己，下
巴上流下狂热的口水。他咧嘴笑了。海豚的头和游隼的
翅膀！想做外科手术的渴望涌动起来，他想把村子切开，
把孩子拉出来。得到他。年轻和古老同时骤现，一面镜
子和一把钥匙。一只风暴预警兽，在我们睡觉……他聆
听着男孩，听着他睡前的念头，他对妈妈说的晚安，他
清醒时的思绪慢慢进入幻梦的睡眠。然后，死掉的齿草
老爹离开那儿，四处漫游，轻声发笑，顶着各种叮当作
响的皮肤，穿着黄昏色的防水外套，为村子而沉迷，情
绪涌动；想到一件事引发另一件事，一再如此，如此反复，
却没有所谓的结局，他感到兴奋。

兰尼的妈妈

传来的歌声，被他动物般的呼吸温暖。

我唱着歌的孩子，

给我带来礼物。

一两秒后，我意识到那并不是他。

兰尼？

兰尼的爸爸

我在城里上班，想到他在我坐一小时火车就能到的地方，在村子里顶着他奇怪的脑瓜，四处晃悠着度过一天，一切似乎都难以置信。我们有一个孩子，他叫兰尼——对正在上班的我来说，这简直不可想象。如果我的父母这时也在，他们肯定会说，不，罗伯特，你是做梦梦到他的。孩子可不会那样。要么接着睡觉。要么专心工作吧。

学校给他的评语说："兰尼天生具有社交凝聚力。他经常只是适时地讲一个笑话或唱一首歌，就让闹哄哄的教室安静下来。"客观地说，我知道不这样才怪。听起来这就是兰尼。但他的天赋是从哪里来的？我也有这种天赋吗？该由谁来管束兰尼和他的天赋？妈的，是我们。有了孩子，人怎么可能不疯掉？

"兰尼语言天赋突出，他为世界读书日写的藏头诗《水獭塔尔卡》被呈交给校长，学校颁给他一张奖励优异表现的金色榆树贴纸。"

什么？你们这些人在说什么？我也想要贴纸。

皮 特

那段时间，我热衷于寻找并清理死物的骨架。大多是鸟类。我把骨架拆散，裹上金箔，再错乱地拼装起来，挂在铁丝框架上。粗制滥造的小鸟悬挂饰物。我做了十几件。画廊想要一些东西来展示。来售卖。

我还会用上一些不同种类的树皮。我把它们放在装着文稿残片的盒子里。

一些素描。一些还算不错的版画。组成套。安静的物件。

一天早晨，她来到画室，带给我一根长着两个完美分杈的树枝。她看到了我雕好的一个男人。

之前，我们不过偶尔在街上闲聊几句；现在，她每星期有一两次，会不期来访，喝一杯茶。有时和兰尼一起，有时自己。他们搬到这村子来也不过一两年。

她看到了我用粗纹雕出的男人，一个没有十字架的基督；她看得出，这根掉落在地的树枝上有可能再雕出一个人来。

你真好，我说。

乐意效劳，皮特，她说。

我喜欢她。她会聊天，人热心，看东西眼光犀利。我经常给她看我的作品，她经常给出有趣的观点。她逗得我频频发笑，但她知道什么时候该走开。她似乎知道我什么时候会变得不友善。

她做过演员，演过戏剧，也演过几部电视剧。她讲了很多故事，关于那个行业的那些混蛋。听起来，现在的艺术界和当年并没有太大差别。

她并不怀念表演行当，但当兰尼去上学而她丈夫去城里时，她有时会感到无聊。她说她在写一本书。一部凶杀题材的惊悚小说。

听起来恐怖极了，我说。

又血腥又恐怖，她说，但令人兴奋。

我工作时，她常常坐在我旁边。她从画廊里买了一件我的作品，我并不知情。我做的一件漂亮的大浮雕。我说我要是知道了，会给她友情价。她说，那可不，皮特。

我喜欢她。

她常常随手拨弄散落在各处的玩意儿。

几根金属丝。一支铅笔。几截小树枝。

想法子做点儿什么吧，有一次我说。

哦不，我对视觉的东西一窍不通，她说。

我记得那时我想，她这话真是叫人又奇怪又难过。

一窍不通，对视觉的东西。

一定有人对她说了什么，她才产生了那种负面的想法。

我想起了妈妈。有人在我妈妈很小的时候对她说过，她唱歌总是跑调。所以她一辈子再没唱过歌或吹过口哨。我不会唱歌，她会说。

直到她去世以后很久，我才意识到，这想法真是荒谬。

不会唱歌。

于是她就坐在我的桌子旁，把碎苔藓拨成堆，我们聊着羊脊山上正在建造的玻璃立方体怪物。

我注视着她。

首先，她弄出一个整齐的形状。压平。分成两份。捏细成两行。轻推这两行，让它们交错相接，这样她就得到了一小排灰绿色的牙齿。把四边理成长方形，再用指甲把边缘弄平整，然后用湿润的指尖在中央抹出一个完美的圆。

对视觉的东西一窍不通。只是坐在那里，让一小堆干苔藓变成半打可爱的形状，在我的餐桌旁心不在焉地作画。

她抬眼看着我，说她知道我很忙，知道我很有名，但如果这想法不算太蠢的话——我可不可以给小兰尼上几堂美术课。

美术课——简直胡扯，我想。

我告诉她，尽管我很喜欢这个小家伙，很喜欢和他聊天，但我想不出比上美术课更糟的事了。

我是个丧气又孤独的混蛋，铅笔都捉不稳，我说。

她笑了，说她明白，然后就以她令人愉快的方式慢悠悠走开了。对光线敏感，我这么形容。这种人比大多数人更近似于天气，比起这年头的大多数人，更明显地是由和地球相同的原子构成的。这就是兰尼。

所以那天早上，她离开了，我坐着，呼吸她到访留下的气息，想到了很多关于女性成长和在这世上身为女孩的事，然后我开始想念妈妈、妹妹和我认识的一些女性，我小心翼翼地把细细的金屑放到一只知更鸟的头骨上，自顾自哼着《一小枝古老的百里香》。

兰尼的妈妈

传来的歌声，被他动物般的呼吸温暖，他偎依着我，爬到我腿上，环着我脖子。

我说，兰尼从舞台左边入场，唱着歌，闻起来有松树和其他美好事物的气味。

我想，请不要因为这些拥抱而太快太快长大，我的暖宝小老弟。

兰尼的爸爸

坐七点二十一分的火车，我就没法和兰尼一起吃早餐，但能避开卡尔·泰勒，通常有座位坐。坐七点四十一分的火车，我能见上兰尼，但卡尔·泰勒就会在站台上看到我，我就不得不听他讲苏珊·泰勒，讲聪明的泰勒家女孩和她们为了普通中等教育证书在学什么科目；同时，我们可能还要忍受什么人的腋窝气味、什么人的折叠自行车，还有卡尔·泰勒喋喋不休的家庭新闻播报，混杂着什么人尖细的耳机音乐声。

沿着村里的道路，又稳又快地一口气开过几个十字路口，转上幽灵飞行员小道，穿过阿什科特，顺着双车道一路开进城里。如果没有拖拉机或骑自行车的人，我可以在二十分钟里赶到车站。我个人最好成绩是十四分钟。如果我在幽灵飞行员小道上减速，那可能是路上有鹿，我要么停下来看一会儿，要么按喇叭提醒它们我来了，开到七八十迈[1]，然后摇下车窗，让自己吹吹清醒，尽情享受车子的性能。我可得好好享受这车，买它可花了我一大笔钱，而且它一生里大部分时间都停着不动，在等我。

有时候，开得够快，我就可以在车站停车场闲待个五分钟，我会坐着和我的车说说话。我会说，谢谢你。很

1　1迈约等于1.6千米每小时。

高兴和阁下您做生意。干得好，伙计。布塞弗勒斯[1]，你真是美极了，你是有史以来最好的马。这就是通勤。把日常出行当游戏玩，就能搞出些小乐子。半吊子乡下人的小伎俩。这或许让人心灰意冷。这或许看起来也有点儿可怜。我不知道。

我的书桌上方贴着兰尼画的一幅画。画上是我，披着斗篷，飞翔在天际线之上。画上写着："爸爸每天都去哪儿了？没有人知道。"

1　布塞弗勒斯（Bucephalus），亚历山大大帝的爱马。

兰尼的妈妈

皮特敲门。

没被盘问就过了老佩吉那一关。

恭喜你，皮特，但她会在你回去时找你。她在担心那些喂鸢的人。来杯茶？

他低头看了看靴子，又揪了揪胡子。

不了。但你看，那天晚上你走以后我在想。我在想，我是个可怜的老混蛋，到底有什么法子能让我不那么混蛋呢？我不懂怎么上课，也讨厌别人给我上课。但如果你问的是兰尼可不可以来我家厨房，坐下用我的纸和我一起画画，聊聊我在做的事，那为什么不呢？他是个可爱的小家伙，我挺乐意有他陪着。这甚至可能对我有好处。那么，星期一或星期三放学后怎么样？

哦你太好了，皮特。你愿意我们付钱给你吗？

没门。想都别想，亲爱的。明年我巧手制作的金色小鸟上市了，让你的有钱老公买一只。

嗯，你太好了。兰尼可要高兴坏了。

星期三，欢迎。

皮特嘎吱嘎吱地走下车道。他背举一只手，喊道：

星期三，四点钟。我等着！

死掉的齿草老爹

死掉的齿草老爹躺在一位十九世纪的牧师妻子的身下，摆弄着她骨盆里的紫杉根。他喜欢墓地。他听……

只要吉米的妈妈这么说了那就没事，
我死以后把我做成给小鸟吃的饲料丸，
零用钱买的十支荧光笔，
迪伦要控制一下他的脾气了，
那么大一条家伙可该拿绳子拴好，
开放式厨房，   印花，
汤姆的身体一直不太好，   一条惠比特犬的温和脾性，
扩张过度，新拖拉机新篱笆，
像一头油腻的猪那样通体鼓胀、油光可鉴，   十把橡皮刮刀
是那个挨户入室的盗窃犯的，   泥泞难挖的石灰土，
她倒的不是健力士黑啤，但我们因为她的
更贴近生活而非互联网，   咪咪而谅解此事，
会害死布莱恩·古尔德的是老派的自怜

死掉的齿草老爹还记得他们建造这座教堂的时候，

他真蠢，竟然在公共假期里做晚祷和冥想，
我还没看到，简，但能事先得到警告我很感激，
腐烂的老鼠，生物科技个鬼，我可是杀猪的，
交换伴侣的浪荡子，由此得了绰号
"疯子珍"，

霍瓦特医生看过我的痔疮了，被深深伤害的女人，

　　我觉得蜜蜂要末日临头了，

　　　　　高尚的人，

　　　　　　　我的老天吓人的达·芬奇来了

又是虱子，　　　　　　　　　　　　是特立尼达人但大家都

　　　　　　　　　　　　　　　　　以为是牙买加人，

闪亮的新车，肆无忌惮的人类，没地方停车，

　　　　　　　　　　树篱将是那个人的阿喀琉斯之踵

丝绸剪贴作品刚卖完，

　　　远方的岩石，本地的燧石，附近森林出产的木材，
本地男孩，赛过专业木工，让他们制作靠背长椅，安装花
饰，安装四角饰有常春藤的圣歌布告板，还有圣坛桌，桌
上是——是的，就是他了，一颗绿精灵的头颅，对着受洗
之人和结婚之人、厌倦之人和死亡之人露齿而笑，口衔椴
树颠茄，

在村务会堂后面吐了，

　　那些个教区代表，我叫他们俗人或爱嚼舌根的家伙，

　　伪传奇玛格丽特，　　　　　　　　和佩吉聊了几八小时了，

　　　　　　　上市七个月，

　　半打装狗屎的垃圾桶，　　人和人彼此认识，

　　　　　　　　　　整个国家都有矮子情结

坏消息说汤姆惊慌失措，　　都是穷酸鬼，我们筹到了 45.67 镑，

　　不是朱莉是乔莉，你信吗，

　　　　　　　费城那位全能上帝的气息，

为那位妈妈干杯，烈性黑啤搞得我猛拉肚子，

           像饥渴的妖精一样接吻和爱抚，

别再冷嘲热讽了谢谢你先生，我的胳膊上有青苔的气味，

在萨克雷大宅，人常常哭着入睡，

    一度是林地，

      会再度成为林地，

                自命不凡的笨蛋，

打折出售的化肥

      你会受惊逃跑，

装饰华美的维多利亚时代大宅，窗中能看到田园诗般的

    斯陀园那野花盛开的草地，

    一个孩子的心灵

    他曾被描绘在拱顶石、装饰图案、文身以及板球俱乐部的标志上；他曾化身为每一件英国小饰品和小破烂，寓意着金钱、吉兆和诅咒。他曾以故事形式出现在此地每座房屋的每间卧室里。他像水一样身在其中。动物、植物、矿物。他们建造了新的家宅，侵入了他的地盘，他在各处突然出现，担惊受怕，显露身形。在此处，他同岁月一般古老。

皮 特

我们开始上课。

我们待在室内，因为几英里[1]宽的雨幕正在山谷里欢蹦乱跳。

坏天气在窗户上刮出调色刀式的水迹。

两把椅子被拉到厨房餐桌旁。

舒适温暖。炉火正燃。广播三台。

两本便笺簿，两支铅笔，一杯果汁，一大杯茶。

啊，兰尼，我的朋友，看这些空白的纸。你难道不觉得自己就像纪元之初的上帝？你想做什么都可以。

那来吧！我说。给我画个人。

什么人？

任何人。一个人。人类。我刚朝我脑袋里的树和人扔了一枚小硬币，硬币落在了人身上，咱们就先画人吧。

他转过身，手臂紧贴书页，右肩稍高，伴着口中兼有模糊语词和细碎旋律的温柔朦胧的嘀咕，他刮涂起来。精神集中。他不着急。

他搔了搔脑袋，坐起身，把画推过来。眉头紧蹙。

好啊，让咱们看看。是呐，我得说这个人还不错。

1　1英里约等于1.6公里。

画得很好。现在让咱们围绕他简单聊聊，一探究竟。

因专注而显出的怪相消失了，兰尼的脸完全舒展开来，他好奇地听着。他的眼睛像春天的角树，绿意盎然。

好吧，兰尼。你的胳膊是从哪里伸出来的？你让这家伙的胳膊从身体正侧边伸出来了，你猜怎么着？

我们侧身展开双臂，两架飞机停在餐桌旁。兰尼微笑着向他的肩膀点点头，然后从合适的高度，而不是从那可怜混蛋的身体正中间，画出一双新的手臂。

现在是头，兰尼。我能请你看看自己，看看你的头和胸之间有没有东西吗？

他咧嘴笑了，指着自己的脖子，佯作头一回发现。

我们笑了。我们开心。我们"叮当"碰杯，说祝酒词——为这幅变得更漂亮的男子画像。

在他离开后，在第一节课后，过了很久，我坐着思考。

我尝试再现兰尼发出的声音，他夹杂了歌韵的反复吟唱：

"利蒙啊，苦车，雷蒙啊，芬纳姆啊，曼纳姆啊，维特卡，菲特卡尔，但查卡但查卡但查卡，利蒙啊……"

我想，是我没听过的电视主题曲或流行歌曲。再或许，就只是兰尼从他在随便哪里听到的声音里摘出来的碎片，吸收了这个世界的声音，再编织出另一个世界的曲调。

我等待。

尘屑和绒毛结成团，随风跌荡，在厨房角落挤作一堆。

我还记得那些忙碌的日子，作品突然大卖时，我是多么沮丧。当人们一直想从我这里索取东西、想知道我名字的时候。伦敦。我感觉现在我回到了那之前，回到了恰如此刻般的清澈时光。我做回了男孩。

我记得有一次，一位上了年纪的女士给我看我画的一幅男子像，她让我从解剖学的角度，来思考我的手臂从哪里伸出。

那位女士离世已久。

英格兰的季节从床上滚落下来。

兰尼的妈妈

兰尼唱着歌，跳着舞，进了房间，带来户外的气息。

他说，你——知——道吗？小丑鱼生下来都是男鱼，女王死后，一个男鱼就变成女鱼，成了新的女王。那么，是先有男鱼，还是先有女王？

要我说，先有女王，风趣的小豆子。

我把他紧紧抱在怀里。

你在忙什么，妈妈？

我没有回答，他信步走开了，在好奇心的驱动下，随他的小直觉或小疑问走出房子，回到花园里。

我不能告诉他。我不能说，兰尼，我在写一个场景，一个男人在派对上把一个女人逼到了角落里。他对她耳语说她是个小贱人。他用膝盖抵住她的胯部。

我在编造可怕的事情来娱乐大众。一个出版商给了我一大笔钱，让我写一本关于虐待和复仇的小说。这本小说由我写的十二页样稿扩充而来，样稿的剧情是，一个女人毒死了一个有权势的男人，把他的尸体扔进了火炉。

假期里，我的小男孩不用上学，待在家里，我本可以和他一起在花园里听他讲小丑鱼的故事，但现在看来，情况令人费解。

我看到他倒挂在李子树上。

我丈夫质疑犯罪小说的道德性。他说我在美化事物。

美化什么，他还不知道，因为他还没读过这本书。就让我做一回魔鬼代言人，那时他说，好像他的干预鼓舞人心或卓有成效。魔鬼代言人，穿过隧道时丢失手机信号，问喝茶会配什么点心。魔鬼代言人，在我身旁打着呼噜，而我正坐起身看书。

我是个差劲的母亲。我是个不错的犯罪小说家。兰尼和我笔下的人类精神的病态毫无干系。看到污染来了，他会优雅地避到一边。他不会因为他母亲在 Word 文档里写的东西而变成一个恶毒的或不快乐的人。这就是我脑袋里的所思所想。兰尼则是他自己脑袋里的所思所想。谁在评判我？我不敢想。

坐在火车上，我的丈夫是否会担心房贷的沉闷压力可能影响到兰尼？我表示怀疑。兰尼用来搜索蓝鲸视频的手机，也是我佯装梦见谋杀桥段时他用来看色情片的手机，边看他还边在浴室里悲伤地自慰，他会为此感到恶心和羞愧吗？不，他不会。这些负担只会落在"她"身上。

兰尼的爸爸

小雷尼好吗？我的部门经理查尔斯问。

是兰尼。

他好吗，还像发情的野兔一样疯吗？

我涌起冲动，想用拳头捶他，老板的狗腿子，他这样说我儿子。但他是从哪里知道兰尼疯了呢？从我这里。他为什么觉得可以这样跟我谈论我的家人？因为我。

我坐在这只发热的玻璃盒子里，从二十三楼俯看伦敦。就好像一个巨型小孩故意弄坏了一块城市大小的电路板，向里面丢了一些砖块，喷了一些灰尘，要给它刷漆临了却放弃了。火车噗噗，进进出出，小人儿们急匆匆找寻掩蔽、午餐或绿茵。它自视甚高。它荒唐可笑。我爱它。

我们生活的村子很小。不到五十间红砖小屋，一家酒吧，一座教堂，小小的村务委员会小屋像独立出来的定居点，另有几幢大一些的房子散布其间。建筑之间的空间，建筑周围的空间——鉴于此地的状况，"空间"是一个荒谬的想法。怎么可能有空间呢，就那一小簇被树木和田野环绕的房子？

我的怒气消失了。如果被比作一只发情的野兔，在高高的草丛中腾跃，对着自己的倒影打拳，兰尼一定会很激动。奇诡梦境的使者，在开阔的村庄里蹦来蹦去。

他很好，谢谢，查尔斯。是的，疯得像兔子。完全是疯兔子。受他妈妈影响。

皮　特

天气好的时候，我们在户外上课。

兰尼，你最喜欢的季节是什么？

秋天。

啊不错，我也是。

我们徒步离开村子，穿过桑普森那几英里麦茬密布的休耕地和学校操场末端之间的树篱上的缺口，地面坡度渐渐抬升。

我们在那棵"猫王发型"山楂树旁停下来。

这儿，兰尼，是一个重要地点。

为什么？

这是第一个别人再也看不见你的地点。村里的人总在窥视，但过了这个地点，你就脱离了他们的视线。

我们两侧，树林。我们前方，山峦。各郡在粗糙龟裂的石板上错落交叠，形成了这片平缓的地貌。这条路边生长着一些古老的树。仿佛圣徒。

我们沿着陡峭的、苔藓覆盖的白垩石小径继续跋涉，树根像海怪一样伏在沿路，我们聊起时间的流逝。

我告诉兰尼，本·哈特的鬼魂在这条小径上跑来跑去，寻找他的爱人。没了头的本·哈特呼唤着他的女孩。我只是在逗他玩，想吓吓他，但他的回答唯有诚挚：太棒了，希望咱们能遇上他。

我们停下来，画下山毛榉树根缠结的线条，在我们身下是石头和骨头，在我们头上是烧焦的赭色树冠，已开始发脆。

曾经，这条路通向山顶的古堡。

这个男孩擅长用木炭画画。喜欢它脏乎乎一团的笔触。

造出阴影，他说。

我们回屋做实验，在叶脉标本上搞花样：用墨水画出已剥离了的昆虫和往昔，又滴又蘸，新造出一个相当不错的烂摊子。

工作的时候，兰尼经常说出一些奇异美妙的话，咕哝着由孩子之口说来显得莫名其妙的事物——

我是一百万个摄像头，即使在我睡觉的时候，咔嗒，咔嗒，每一秒都有东西在生长和变化。我们是宏大计划中的傲慢小闪光。

我突然大笑。

你是什么？你怎么想到说这个的？

我也不知道，他说。

他歪了歪脑袋，某个半成形的秘密事物从他嘴里蹦出来，消失在我们俩之间的什么地方。

这种情景经常发生，兰尼似乎着了魔。

死掉的齿草老爹

他有一些规矩，比如永远不要相信猫，永远不要亲吻獾，时时记得舔一款新口味的杀虫剂，只吃那些歪七扭八的东西，而且在夏日游园会上一定要确保自己混在打扮成齿草的人群里。每年，以那身服装，以那个姿势，以他的崇信者们的韧带和体液，他必须自行移动

可怕的吵闹，以为他们能卖掉旧谷仓，

古怪的一对，　　　　罗德尼是个撒谎精亲爱的，

那个混蛋在暴风雨中淋成落汤鸡，够 丢 脸 的，

他的狗叫沃尔特·雷利爵士，

谢丽塔建议

八月的第二周，有点儿像粉渣，虚伪自恋的家伙，

我进城去了，斯基维·尼克被解雇了，　　　　　那个怪小孩，

放宽监管可从来不是乡下的做派，云雀的数量正在减少，

这事儿就是我们对抗他们，从来如此，

教区杂志上还有什么波兰广告吗，

抬头望着天空，好像她看到我们就没法忍，

马克闻起来有股河流的气味，　　　我们不欢迎业余爱好者马尔科姆，

听着这一切，这比以往任何时候都泛滥的话语，是件叫人口渴的差事；看着这所有可爱的腐朽，听着这所有不堪忍受的歌词——他们这年头的务实的废话，他感到十分口渴，

一种类似　　　　　　　　轻装环游亚洲，和离开时一样，回来时还是那个

　　打嗝的尖叫，　　　　把一只麋扔进篝火里，

太阳能电池板个鬼，　菲尔叔叔是共济会会员／法西斯分子，

一杯啤酒加柠檬，而不是该死的柠檬汁啤酒，　　花哨的网，　　　＇墨镜

　　我们连续两年演不成斯托帕德的戏了，

　　　把孩子托付给他，　　　　　没上保险自然没法兑付啊朋友，

　　　　　　　受不了嘻哈节拍的人，

看看会不会下雨，一条裂隙而不是一个洞，

我在复活节集会上也说过这些话，牙齿咬得格格响的 罗恩，

在家教孩子上课真是欠考虑，闹得人尽皆知，　让我们来复兴快乐硬核这派另类摇滚吧，

　　　　　　梦到见着了名人，嗑药狂欢的星期六，

　制作排灯节用的小灯，常青藤是旧墙的敌人，

保罗喝健力士　　巴恩西喝苹果酒　　我喝斯特拉啤酒，

　　他窥视着男孩家的厨房，盯着正在喝牛奶的孩子。
他想象冰冷的液体汩汩灌入男孩的肚子，涓涓细流汇入水
坑、池塘而至湖泊，流入他身体器官的座座细胞大教堂，
流入他的骨骼内部。死掉的齿草老爹因男孩吸收了水分、
获取了营养而感到飘飘然。快活啊，他唱着，一路荡回树
林，在电线杆之间画出三十英尺长的弧线——此刻的形象
是一只仓鸮，长着汽车轮胎做成的手臂，人类的快活把戏。

兰尼的妈妈

罗伯特说给皮特付钱的事我应该再提一下。

我们为这事还争了几句。

在与格雷格和莎莉的晚餐聚会上，他说起这件事。

告诉我，他说，疯皮特给兰尼上免费美术课，是不是很奇怪？

别这么叫他，我说。我认为这样叫别人很讨厌，我也不喜欢罗伯特在喝酒时、在朋友们面前吹嘘时表现出的那种残忍。

我觉得奇怪极了，莎莉说。

我觉得一点儿也不奇怪，格雷格说。他是彼得[1]·布莱思，当年可是大名人，你们赚到了。如果他们相处得不错，他又需要人陪，那就去呗。

不对头的正是"需要人陪"。有违职业道德，莎莉说。

没错，罗伯特挥舞着他那把昂贵的沙拉钳说。谁需要人陪？我们难道是把儿子借出去，给皮特消解寂寞？给伤心的老艺术家提供上门聊天服务？

滚远点儿，罗伯特，我说。不花钱就拥有美好，想象一下这样的事，难道真就超出了你狭隘的世界观？

目光。

1　彼得（Peter）是皮特（Pete）的大名。

尴尬的沉默。

来啊，罗伯特，我心想，来面对你发怒的妻子和你古怪的儿子。

天哪，亲爱的。好吧。我只是觉得，你应该坚持一下，坚持让事情正式一些，仅此而已。在我狭隘的世界观里，我认为这么做是正确的。

莎莉这傻瓜，她咯咯地笑着说，神经罗伯。罗伯特和我交换了一个闪烁的眼神，带着苦涩的默契，因为他讨厌别人叫他罗伯。

所以我敲了敲皮特的门。

请进，他说。

我就不进去了，我马上要写我书里主角死掉的场景。我来是给你这个。

这是什么？

给兰尼上美术课的钱。

哦不，你不能这样。

我们觉得应该这样，我说。我为自己说出"我们"而自豪，我为自己虚情假意地和罗伯特团结一致而自豪。

我觉得你们这么做毫无必要，皮特说。就照之前说的，春天时买一只金鸟就行了。我没法接受你为我如此喜欢的事付钱给我。你的儿子给我带来了快乐。他很有眼力。我喜欢给他看东西。

他也很喜欢看，我说。他坐在自己的房间里，也画画、唱歌。

好啊，皮特说。那我应该付钱给你！

我走在村里的街道上，假装打电话，这样就省得停下来和佩吉谈到即将来临的道德灾难。罗伯特会对"那我应该付钱给你"这番话作何反应，而我期待的又是怎样的反应——这两者间，我想象有一处空间，我就在其中局促不安。我想为这番话感到愉快。我想同皮特而不是格雷格和莎莉共进晚餐。晚餐时，会有一段时间我们没人说话，我们会谈论读过的书，有人睡着了也不奇怪，从容而亲切，悠闲而融洽。我很在意"融洽"这回事。每次课后晚间的家长会，我就问，兰尼和同学相处融洽吗？受欢迎吗？适应新环境吗？

他的老师说，兰尼？你这么问，搞得他像是非法移民。兰尼好极了，无拘无束，人人欢迎，好像他很早前就在班上了。

皮 特

我讨厌金属的气味，皮特。

他嘴里嘟囔道，这时我们正坐在哈切特树林上方的一处白垩岩架边缘，双腿都悬空晃荡着。这个村庄呈十字形网格状，中间是教堂和酒吧组成的双心脏。四百人因此免受暴露荒野、互偎取暖之苦。红砖房子和边远的农场，大宅子，木料场，还有此地不同程度的绿色色块拼缀而成的地表上几处脏乱的农耕残迹。如果从上空俯视，村子看起来就像一个男子，他的头发正是哈切特树林。我们就坐在他的脑袋顶上。

金属的气味让我害怕，他说。

那一刻我变回了小孩，嗅着自己的手掌。

血里的铁，硬币，钉子和别针。

背着子弹的战士，生锈的铰链咯吱作响。

金属的气味在我的嘴唇和手指上萦绕不去。

星期天，父亲让我帮他数铜板。记忆晃动，如一只坚硬肮脏的船舵，随后——砰——啪——倒落下来，随风而逝。

天哪，兰尼，我说。我也讨厌金属的气味。我讨厌我手上有金属的气味。

为什么他们叫你"疯皮特"？

哈！我不知道，老弟。那场大风暴过后，我用熟石膏把板球场旁边的树都包了起来，我想这么做并没能让别人对我有所改观。总之，我不在乎。"疯皮特"。比"坏皮特"好。

还有"伤心皮特"。

啊是啊。尽管这并不公平，看看他妈的——原谅我的措辞——看看这村子里有些人是有多疯啊。

珍·库姆。

对！她每天都穿一套圣诞老人衣服，柳条篮里装一根高尔夫球杆，我没听到有人叫她"疯子珍"。

兰尼的爸爸

我醒了，想着季度分红和奥运会女子自行车选手。我听见碎石子的嘎吱声——要说是狐狸，动静太大，要说是人，声响太轻。我跳下床，放轻脚步穿过房间，从窗帘里向外窥看。

这他妈怎么回事？

我踮着脚匆匆穿过卧室，来到楼梯平台，走下楼梯，留意不踩会咯吱响的台阶。我不知道自己为什么要偷偷摸摸的。我穿过厨房，从开着的后门出去。

他在车道尽头，正要走上草坪。

我保持安全距离跟着。

他走向那棵老橡树。

他跪下来，把耳朵贴在上面。整棵树都被安全灯照亮，很美，像电影布景。

兰尼躺下，对着树的根部说话。

我慢慢走过去，加重脚步，还咳了一声，以免突然惊到他。

兰尼？兰尼，你在梦游。

他转向我，绿色的眼睛闪闪发亮，完全清醒。

哇噢，我梦游了吗？

什么？嗯，我也不知道啊。你在外面是要搞什么？

我醒着，爸爸！

是的，现在我知道了，兰。我想知道你在外面干什么。我以为你在梦游。这大半夜的。

我听见树里有个女孩。

什么？

有一个女孩住在这棵树下。她在这里住了几百年了。她的父母对她很坏，所以她就躲在这棵树下，再没出来过。

好吧，小甜点。起来吧。

我双手抱他起来，他没有反抗。他冻坏了。

在车道上嘎吱嘎吱往回走，我对他说，兰尼，外面一团黑你不该乱跑。

你听见过她吗？

不。我觉得这是你的想象。没有人住在树里。

我把他放在床上，让他躺下，盖上羽绒被，再加上一条毯子，又把毛绒北极熊拿给他。

爸爸？

现在睡觉。

爸爸？

怎么，兰尼？

你觉得，哪一个更有耐心——一个念头，还是一个希望？

我突然很生气。他长大了，不该再说这种胡话了。或者他还太小。太他妈蠢了。

睡觉，兰尼，不准再下床。这些事我们明早再谈。

我躺在床上，想到我的儿子躺在冰冷的草地上对着一棵树低语，担心得睡不着。你觉得，哪一个更有耐心——一个念头，还是一个希望？他这是出什么毛病了？

皮 特

这是兰尼的主意，是他和家人在车里玩的一个游戏。我们要讲一个故事，一次一行。

我们正在画一碗李子，我让他慢慢来。我要求说，如果纸上画出的和眼睛看到的不像，不要慌。重新画。放轻松。让手腕松弛下来。我告诉他，一颗李子最好的呈现形式，可能和艺术家看到过的任何一颗李子都不同。看看它们，想想李子的特性，想想在你的空间里以物理形式存在的李子的本质，想想从李子上反射进你眼睛的光，再试着画一些什么，看看哪些感觉像李子，继续轻描淡写地来几笔，让一个李子成形，不要过分渴求。

他朝我耸起一边眉毛，然后看着李子。我几乎要同情那些可怜的李子了，它们待在碗里，毫无防备，面对着我们两个的灼灼审视。

我开始游戏：

从前，有一个人叫亚伯·斯丹。

兰尼立即接口说，《亚伯·斯丹寓言》。

这是你的台词？还是你插进来随口说说？

对不起，他说。我们可以这样叫它。这是个好标题。

你说得对。

我：讲一讲《亚伯·斯丹寓言》。从前，有一个人叫亚伯·斯丹。

兰尼：他有三个女儿，她们都很漂亮。

我：但很不幸。两个心坏，一个心好。

兰尼：心好的那个叫芭芭拉。

我咯咯笑了。

对不起，对不起，兰尼。我笑就是惊讶。我没想到她会叫芭芭拉。等一下，我去拿瓶啤酒。

我走到食品储藏室，打开一瓶烈性黑啤。我回去时，兰尼用头发遮住脸，正一口一口吸着铅笔，好像那是一根放在烟托里的"高卢"烟——他说，嘿，我叫芭芭拉，我比我的坏姐妹们善良多了。

我狂笑不止，啤酒喷满了我画的漂亮的李子轮廓线图。

死掉的齿草老爹

他在阴影里徘徊，穿苔藓袜子，皮肤嵌小石子，在村务会堂现身，看着被拍在年度竞赛照片里的自己。简直就是穿着啤酒龙头似的绿色齿草、长着毛茸脸的J牌骑士，这身打扮是用来拍滑稽戏的，又脏又难看：带着枪，尖牙利齿，手中拿刀，腰里绑着死兔子（过去那年代啊）。但这身打扮源于外来的恐惧，源于电视恐怖片、游戏和漫画里的野兽，并没有人相信这是真的。他充满感情地记得，相比之下，他更觉得可怕的，是在村里孩子的画中，他被画得绿色而多叶，诞生于主日学校噩梦里的黑暗裂隙，被自己嘴里长出的卷须呛到了，凶兆和痛苦也一同滋长，树妖，叔叔和爸爸，山楂树国王和啤酒花，收获和希望，饥饿的威胁，

祈祷吧，行善吧，不然死掉的齿草老爹就找上你。

其中一幅画朴素地把他描绘成一个微笑的老人，长着胡子。真是想不到。死掉的齿草老爹咧开嘴笑了，悄声说，好孩子，

纯粹的破坏行为，

外国啄木鸟，便宜些的教士袍，

她演过一部你知道名字的电影，而他在金融行业工作，威利斯姐妹没拿到多发性粘液瘤的简报，她们从没做过

妓女，

在溢价债券上又大赚一笔，

43

除草　家具装饰　击剑　应有尽有，
　　　　　　保罗就老煤矿发表的演讲不怎么有趣，
乐队要练习了你们这些臭烘烘的醉汉，刷了点儿装饰花纹的村议会面包车，
在科布克洛斯，经常有人大声骂自己的老婆，
　　　　　没有大人陪的小孩，
　　　　　　格伦达和我要撤回对敲钟索换新项目的支持，
农业咨询个鬼，
　　　你应该和奥斯卡一起过来飞叶子，
　　　在开上支路之前，你会看到青蛙们欢快地向前蹦去，
X年来最糟糕的植物交易会，

　　　　　　　在另一幅画里，他手里拿着滴水的
树桩，他周围盘旋着文字，就像他们不再制作的带衬芯的
祈祷横幅，因为他们不再讲起关于耶稣的无望故事，

剁剁，笃笃，齿草老爹带着砧板来了，
　　　　　　　剁剁，笃笃，他要把你的骨头煮成高汤
　　　是的，他工资很高，但这所学校按英国标准看也很出色，
拜拜啦我的肥皂剧要开始了，
把头发梳到一边遮盖秃头的狂人爵爷 和他的金发女郎，
　　　　　由绝食鸟进化而来，带刺的铁丝网是唯一的答案，
　　　　　　　　　我们慢慢培养，迅速扼杀，
洗他的萨博车，当地的啤酒很糟糕，你知道，就像狗屎，
这孩子是个怪胎，　　神圣的圣餐礼晚祷，
　　　低音部低音部起身舞蹈不要停，

没完没了的"咔嗒""啪砰"，鲍恩家的孩子想做
个滑板尖翻，腐烂的松鼠堵塞了水沟，

我推荐强韧的婆婆纳，给你路边的长花坛增添色彩，

水彩画社团的临时聚会，

疯狂的老傻子，他们交没交税我不在意，

漂亮地小修一下灌木，

他乘在各家厨房的气味上一路离开村子，旋转，冲浪，
飘移，盘绕，从珍妮的意式千层面，到拉尔顿的微波斯特
罗加诺夫牛肉和德里克的单人小火锅，这么多酱汁，这么
多糖，这么多花样见所未见，不够新鲜的肉被烹调出美妙
的味道，他笑了，村里滑稽忙碌的工蜂们胡吃海塞，没完
没了地重建和替换事物。他们不过是购物袋和垃圾袋。他
十分讨厌帕姆·福伊的拌什锦咖喱酱汁的气味，就从身上
扯下一片噩梦皮肤，塞进她的窗户里。一个超级可怕的噩
梦。睡个好觉吧，帕姆，他轻笑着，穿过田野向家飘去。

兰尼的妈妈

我在学校接了兰，我们回到家，我开始工作。过了一会儿，我听到他的房间传来砰的一声，我走上去说，哦，我以为你去皮特家了，你今天不去了吗？

他坐在床上。他抬头看我，他的脸像一张被加热的纸一样皱了起来。他在哭。

兰尼？我跪在他面前，双手放在他长着金色绒毛的小膝盖上，他那青肿的、草渍斑斑的男孩膝盖上。

兰尼，怎么了？

他用力揉着眼睛，在泪水中搓他的小拳头。

没事。

兰尼，怎么回事？告诉我。

我……没事。

乖宝。怎么回事啊？什么事你都可以跟我讲。

他喘了口气，打了个寒噤，擦了擦满是污渍和鼻涕的脸。

我把皮特的东西弄坏了。

兰尼窘迫极了，身体缩作一团。他豆株般的优雅已被笨拙的不适取代。一个思绪掠过我脑海：他这是在长大，褪去小精灵的皮肤。我没法想象兰尼十几岁的模样。

我更没法想象这个男孩长成大人。

你弄坏了什么？

他的维多利亚时代的立体声音响。

一台立体声音响？

不，是那个神奇的 3D 照相机，装在一个眼镜盒里，眼镜盒掉了，玻璃碎了，我把它放了回去，什么都没说。

你是说立体镜？

还有两张变成 3D 的图片。

兰尼，甜宝。首先，这是个意外；其次，皮特很喜欢你，我相信他更愿意你当面告诉他。诚实总是最好的办法。

对极了！我没有告诉他，我偷偷溜了。像个骗子。太没礼貌了。

够啦。还不是太没礼貌。来，跟我来。

我们下楼，穿鞋，出门。我们在路上大步走。我们不说话，但兰尼以他多年未有的方式照我说的话做。他乖乖的，紧张兮兮，全不像我平常见到的那个无拘无束、上房揭瓦的孩子。

我们敲门。

皮特开了门，他的双臂白得发亮。石膏手臂。

大师！我以为你放我鸽子了。大师的母亲！我该怎么感谢你呢？

我们进了屋，皮特洗了双臂，给我们看他在金属骨架上做的白垩色头骨模型。他泡茶，我们坐在桌旁。

皮特，兰尼想向你承认一件事。

天啊，听起来不妙。偷了我贵贵的艺术品？

有那么一刻，正如大提琴拉出的一个音符。温暖，木质，充满别样的事物。没有人说话，但我们都在聆听。

兰尼坐立不安。皮特看着我，蓝色的双眼充满信任，闪烁着。他让我想起一艘古老的康沃尔渔船。

他笑了。来吧，孩子，悬念让我煎熬。

我弄坏了你的立体镜。

我的什么？

我拨弄着镜子，想让它们彼此靠近，结果整个顶部掉了下来，里面的玻璃碎了。

兰尼。立体镜？

皮特假装愤怒地瞪大眼睛，攥紧拳头。

我的天啊，兰尼，那个立体镜，我珍贵的立体镜，是我的曾曾曾姨祖母的乐施会慈善商店传给我的，花了我四镑半。我才不信你把它弄坏了。天啊，我还以为出大事了！

兰尼脸红得像萝卜，越过皮特看了我一眼，然后咯咯笑起来。

嗯，唔？

唔！皮特说着，大笑起来，敲打着桌子，伸手去拍兰尼的头。

唔唔唔，我说。嘿，宝贝，我怎么跟你说的？没必要先把自己弄崩溃了。

危机结束，皮特说。现在卷起袖子，咱们搞点儿乱子。

死掉的齿草老爹

死掉的齿草老爹，本地历史学家，第七十四代文化腐殖质筛选工，正领着一只亮橙色的芬达瓶盖参观这个村庄。

跟紧了，伙计，还有很多要看的。

他负责配音

(这个地方的口音一直很独特，"呦小伙儿"，就算现在，一些村民说话时你还能听到这种口音。)

他和过去年代的迷人塑料盖说话。他从这个村庄的分子记忆中唤醒传说，梳理故事。

砍削开路，走进这丛野蔷薇，一片淡褐色，一些冬青树，丹麦斧，失去一根手指的皮普，脚下是古老的村路，在黑死病肆虐之前，这小土丘是一座连我都不太记得的住宅的后墙，这些是外来石头上引人注目的字体，这儿全都是空旷的田野，玛蒂尔达骑着威尔默斯，在这里折断了他的小武器，以半英亩面积用树篱圈地，丑陋的犁留下的小段犁沟，再过去是山楂树，接着是半英亩又半英亩被圈住的土地，这里有一个池塘，这儿是一个被他的首席百夫长强奸的罗马士兵，到这里我们事实上已经离磨坊有七英里远了，左手是山毛榉——右手是山毛榉——山毛榉棺材葬我身——给我妻子的山毛榉，啊是的那些日子，是的那些装饰在树篱上的漂亮的黑色小袋子，实际上是狗屎袋，是布莱恩和费伊还有他们的米格鲁猎犬的礼节性问候，支付我们的牌照费用，缴纳我们的税……

*如此美丽的地方，***芬达瓶盖打断道……**

美丽？齿草老爹尖叫着，停下步子，变成一位著名的英国诗人，手拿一张防水地图，身穿一件透气的青绿色夹克：美是什么，我半人工合成的朋友？疾病、腐败和剥削？充斥着小小的虐待、争斗和垃圾，还有一整湖未经处理的化学物质经管道输入我的水床，还有贪婪和堕落，说教教导哭泣死去和遛他妈的狗，饲养、需求、工作……

芬达瓶盖静静地吹着一曲圆颅党民谣。

他不再听烦人的齿草老爹，过分夸张的语音讲解器老爹说话。

罗杰·德·圣约翰曾沿着这条路骑行，看到一些树篱，听到有人说"去山谷是好主意"，偷猎的好地界，闹鬼的花楸木每年移动一米，古撒克逊人的疆界，混凝土造的青贮饲料地堡，太多孩子但只有一个老师，对隐私的需求逐年增加，高速宽带，阳痿和抑郁的治疗法，不安全的边界，进口蔬菜，对扩张时代的怀念，

死掉的齿草老爹在微风中摇摆，他记忆中那些存在了数百年的犁沟，都让他向那个孩子靠近过去；强壮的亨利·贝雷斯福德，生于一四二六年，他一生中砍伐了三千棵橡树，这个男孩懂得这份努力和劳苦。希夫蒂·吉尔斯·摩根，生于一九五六年，致力于为厨房提供充足的自然采光

和改造低环境冲击的阁楼，他将会因肺部腐烂而死在床上，那个男孩依序且公正地把这些都看在眼里。朗尼·珍妮·萨维奇，生于一六九四年，她不是女巫，边都不沾，她只是一个好奇的厨师。男孩也感觉到了这些，理解但不确定他们是隔壁的活人还是几百年前的逝者。男孩理解这些。他在树林里建起他的魔法营地，作为送给他们所有人的礼物。他们应该敬拜他！他与永恒协调一致，他能感受到一个社区的可伸展框架。

瞧见没？他的直觉力？

兰尼·格林特里，你神奇的肋骨让我想起了我自己。

就像我。瞧见没？

芬达瓶盖不见了。

齿草老爹独自一人。他很小，就像一只红胸知更鸟的脉搏；甚至更小，就像一只知更鸟在白天的早些时候停留过的空气；就像脉搏的原子记忆，比光还小。

那个男孩了解我。

他真的相当了解我。

皮 特

我们在树林里。如果有得选，兰尼总会选树林。

我告诉过他古怪的威利斯姐妹的事，她们在温室里养恶魔兔子来监视我们。

他马上给我讲了一个故事：森林知道一个人是好还是坏。正派人，森林会让他们活下来，引导他们找到水和食物。坏人则会在一天之内被杀死，森林的所有力量都会联合起来对付这个肮脏的骗子。

大城市也是这样的，我说。

我在工作簿里涂涂画画，用漂亮的新画线笔，画影线，一团团，一束束，裹在自己的大衣里舒适惬意，我绘制山毛榉树奇形怪状的小肚脐，绘制头顶处的古老山丘，绘制肉疣，我想让兰尼喜欢上用水笔画画，即便不能擦除，他对擦除着了迷，我试图让他搞懂如何逐渐强化画面，要使用阴影，一旦画错了就努力补救，我希望他能喜欢上做标记，我希望他的手腕能再松弛一些。等等，他人呢？

兰尼？

只有我了。

他的写生簿摊开在我身旁。空气中弥漫着紧张的电荷。有什么让人愧疚。就像你在树林里遇到一头鹿，鹿消失了，你站在那里，只能发出人类的噪声，这让人羞愧。

天哪，我找不到他了。

他在哪儿？

兰尼？

而后，从我上方远远地传来，

这上面有蜜蜂！

这上面有蜜蜂！

皮特，这上面有蜜蜂！

他在五十英尺高的地方，在一棵巨型栗树的树冠上攀爬，用透视法缩小看，他就像错视画中一位被树木绑缚住的天使。

在他的上方，我看到一只雀鹰钉在群青色中。

待着别动，抓紧了，你这个小疯子，我要把你画出来！

兰尼的妈妈

进来的是兰尼，他发出咔嗒咔嗒的声音，好像是台特殊传送装置。我把文件最小化，这样他就没法从我肩膀后面读到了——在一个场景中，我的主人公把一个腐败的政客推到火车前；几小时后，她发现政客的一小块头盖骨粘在她的维多利亚与艾伯特博物馆周边手提袋上。

你好，小宝贝，我以为你在和阿奇还有托比踢足球？

没有。不好玩了。我可以告诉你一个秘密吗？

我想听，说吧。

我差点儿告诉皮特，但我想给他一个惊喜；我不想告诉爸爸，因为他可能会生气。

好啊，你怎么肯定我不会生气呢？

你从没有太过生气。

现在可以听你讲了。说吧，什么秘密？

我在建一座凉亭。

一座什么？

像园丁鸟那样[1]。我在建一个营地，里面全是我找到的好东西，就像一座小小的魔法物品博物馆。

啊，这样，我明白了。在花园里？你开始建了吗？

---

[1] 雄园丁鸟（bowerbird）通过清整场地、搭建和装饰求偶亭（bower）来吸引异性，并可能还用以向雄性对手示威。

不，在秘密地点。我建了很久了。

阿奇帮忙了吗？

不。才不要。

园丁鸟给他的太太建亭子，是不是？给女孩留下好印象。请问，这只幸运的兰妮鸟是谁？

呃，不，这是给每个人的。全村的人，任何发现它的人。这是为了让他们爱上万事万物，是我到现在最大的计划。

比你的咒语书还大？

其实差不多。我还从车库里偷了些绳子、火柴和塑料布。抱歉歉歉歉……

他边唱边溜走了，而我打开我那可怕的簿子，写啊写啊写啊写啊，怀着一种困惑与喜悦混合的奇特感情。我意识到，兰尼是我的缪斯。

兰尼的爸爸

因为皮特讲的森林鬼故事，兰尼哭醒了。

那个男人到底给他的脑瓜儿里灌了些什么？我问她。

是的，我更喜欢你的方式：让他坐在电视前，让他看你的邮件。

什么？

没什么，睡觉吧。

这种局面持续一段时间了：神奇的皮特，平凡的爸爸。

事实也正如此。

星期六，我去了那边，想带兰尼回家吃午饭；我们聊了起来，老皮特和我。他正在几段中密度纤维板上涂颜料，我主动帮忙，兰尼在粘到地上的一张纸上画一只巨大的米诺陶洛斯。我们东聊聊，西侃侃。他教我如何给木板抛光，他哼着歌，我们轮流拿一块破布把木板侧边的液滴擦净。一小时过去了，她过来找我们，问我们怎么会错过午餐，皮特拿出一条面包和一块切达干酪，我们吃起来，兰尼在皮特偶尔的指点下让他的大怪兽活灵活现起来，然后我们离开。我们和佩吉聊了十分钟，聊把沙发丢在哈雷巷的违法丢垃圾的人有多大可能被起诉。回家后，打开啤酒，我才意识到这是我几十年人生中最好的几个小时：我没想工作，我没看手机，我享受画画；那天下午有一段时间，她和我偷偷溜上楼，长长地做爱，一通咯咯傻笑、自然而然、没有压力的嬉闹，乡村生活真美好。

兰尼的妈妈

我们搬来这里时，我很沮丧。兰尼出生后，我一度长期生病——那时的感觉又回来了。心神空荡，形容枯槁，精疲力竭。我做噩梦。我总感觉被人监视，被人品头论足，甚至走在田野和树林里的时候，我也觉得有人在监视我。然后，我开始诅咒那些搬到乡下的伦敦人是多么天真：他们指望在乡下或在自己身上找到现成的宁静。

我发现的头一件事，是这个村子很吵。吵闹的小鸟，吵闹的学校操场，吵闹的农机设备，没完没了的敲门声，持续不断的撞击和捶打声。在最初的几个月里，我常常坐在一张俯瞰草地的长凳上，心中畏怯，等着兰尼放学，好让我看看他是怎么过日子的。我们还接到过一两次恶作剧电话。嗯，有人打电话给我。罗伯特去上班的时候，总当我一个人在家的时候，电话铃就会响起，我就去接，老是有人在电话那头默不作声。没有沉重的呼气声和粗鲁的言辞，但电话那头肯定有人。有时会有沙沙声，有动静，好像有人在但不说话，不过我敢肯定，这个人知道我一个人在家。我没有告诉罗伯特，因为他经常在半夜里行为反常，不停地检查门锁，以为有人在偷窥他。他还在适应。我突然想到，电话可能是他打来的，工作时打来电话，在城里铺着地毯的走廊上远程盯梢自己的妻子。无论如何，电话没再打来过。也许是我足够沉着，没有表现得像个易受惊吓的主妇。

一天早上，我听到一声尖叫。痛苦的响动。刺耳的动物声。我不知道声音是从哪里传来的。我不知道该怎么办。我觉得我需要一个乡村生活求助热线：你好，我这边传来了微弱的尖叫声，小野兽在哀鸣，我是一个灰心丧气的失业女演员，而我的丈夫是一个时髦的城里人，他连奶牛和野猪都分不清。

那是一只困在下水道里的刺猬。我不明白它是怎么进去的。它很痛苦。它快死了。我不懂怎么把下水道盖子取下来。一点儿也没法把它弄出来。我想我应该给它一枪，让它摆脱痛苦，但当然了，我没有枪。我想打电话给皇家反虐待动物协会，但我觉得他们会嘲笑我，就为了一只被困住的刺猬，别处还有被偷走的狗和受伤的老鹰，还有被这附近满嘴土地所有权的疯子——我那穿着马裤的精英阶层的邻居——以工业规模猎杀的狐狸。我想或许该放一些毒药到排水沟里，等着它死去，腐烂，然后消失，但刺猬吃的毒药是什么呢？我怎么才能说服尖叫的刺猬让它把毒药吃掉呢？我坐在厕所里哭了。我出来的时候，它不再尖叫了。

有什么致命的自动驾驶仪接管了现场。我戴上橡胶手套，拿了把切肉刀。我走出去，跪在下水道旁，在刺猬的身体和头上刺了几刀，尽量不看，尽量避免深呼吸。我继续。我通过下水道盖子的缝隙又刺又锯，直到刺猬变成一团血、肉和刺的浆糊，有小骨头，还有粉色和白色的亮晶晶的东西。我把刀和手套放进桶里，用水壶煮了开水，把水倒进去。我记得童年时路过小镇屠宰场时，沿街流淌的水呈血红色，偶尔会现出令人心惊的深红色和近似大理石的纹路。我从桶里拿出刀，把刺猬捣得更碎，又浇了一壶水。再用了两壶水，才把排水沟里的东西彻底弄干净。它消失了。

现在你感觉如何？我问自己。

我感觉很好。

我觉得自己有才、能干，思路清晰。我用漂白剂清洗水槽，洗了刀然后放回抽屉。你和我现在共享一个小秘密，我对刀刃说。

死掉的齿草老爹

他蟋伏在化粪池里看着，觉得很愉快。他看到了自己的一面，看到了自己在事物中扮演的角色。看着男孩的妈妈捣碎一只刺猬，他喜欢极了，就像喜欢拉尔顿夫人下重脚踩一只中毒的老鼠来结果它，就像喜欢约翰和奥利弗射杀枝头的寒鸦，就像喜欢珍用她的果酱陷阱淹死黄蜂。在人类对其他活物的战争中，这一天和其他日子一样好。他喜欢因口蹄疫引发的对病弱牲口的宰杀，这几个月他经常偷偷地在那些被焚烧的家畜堆中钻进钻出；对齿草老爹来说，没什么新鲜的，他目睹了大量牛的病症——流感、凶猛的牛瘟、雨斑病和羊疥癣、循环爆发的疥疮、乳腺炎，还有痘疹，见过动物以各种各样的方式死去，

类似纺锤，

感染病菌的尖碎片，漏掉的针眼，到90年代战胜了顶枯病，喝红牛打嗝，

我求你签名不要胡写乱画，不然我就得从头再弄了，

在这些书里你自行选择自己的结局，

锋利的碎片，　　　在考试铃响前是一记钟声，

宰杀病弱动物不是答案，说英语你这混蛋，

同样的十个鬼魂，被有毒的紫杉慢慢毒死，

这是建立在谎言上的婚姻，"爸爸出租车"随时为您服务，

没什么比一辆黄色的宝马摩托更能衬托小气鬼或小人的形象了，

污水，车库里冷得要命，看到你真是太好了，小鸭子，

罗特韦尔犬崽，一只五十便士，一窝两镑，

是的，我在威胁你，小伙子

　　他喜欢羊羔出生时被卡住，人、母羊和羊羔的命运
都悬而不决，思考着肉身的可怕玩笑和生死间剪不断理还
乱的联系，

野兽全都害怕人类的气味，

　　没人想要补缺选举，带着一身苦工的臭味回家，神秘的脚步声，
　　天知道发生了什么，月光奏鸣曲和一支雪茄，珍·库姆

小时候受过伤，

注射诊所预约已满，你打盹的时候他把你的鞋弄破了，
　　　　来抢我们的饭碗，先是板球守门员，再是律师，

笑掉我大牙了，她的胡萝卜香菜汤是四旬斋

午餐的主角，

　　在腐烂的动物骨头堆中一英尺下，已经没有人说这个词了，爸爸，
　　　　让他知道有危险，
　　　　你能不能把衣服撩起来点儿，让我看看你哪里痛，
　　　　九大杯啤酒三小杯烈酒，他的那玩意儿闻起来像滚轮垃圾箱，

被山楂果噎着了，　　剪枝剪得坚决，　　　过了他　　就寝的时间

　　在这片土地上，死掉的齿草老爹见过僧侣被处决，
见过巫婆被淹死，见过动物被工业化屠宰，见过人与人毫
无意义地互相殴打，见过身体被虐待和侵犯，见过人们伤
害至亲、伤害自己，见过阴谋和忧虑，见过恐慌和愤怒，
而放之整个地球，情况并无不同。他目睹土地被肢解，最
上面一层被剖开、剥离、二次掠夺，被铁丝网、树篱和法

律切成细小的碎片。他见过土地被化学药品下毒。他见证土地比它的医生，比它的崇拜者和侵略者都活得更久。村庄下的土地坚守着，一次又一次，比村庄活得更久，他爱它。而对于荒野下的土地，他就不会有这么深的感情了。

皮 特

她问我能不能帮她一个忙。他放学后，我能不能去他的好朋友阿尔菲家接他。罗伯特出差了，忙着壮大无形的财富或什么的。

阿尔菲的妈妈夏洛特是那种相当注重健康和安全的人；她觉得我很臭，很危险。她肯定在谷歌上搜索过我，知道我曾经把画廊里摆满涂色的木头老二，还因此出了名。她投的寿险保费可能蛮贵的，因为她整洁的独栋房子装了地暖和可擦拭墙壁，把心思花在这上面的人想必也很乐意为保险花钱。

无意冒犯，皮特，她没请我进去，但说，我想我应该问问兰尼的妈妈。

她在伦敦见她的出版商，我说。我按指示给兰尼做饭吃，然后在睡觉时间送他回家，那时他爸爸就在家了。

我相信是这样，皮特，但我们来确认一下，好吗？

好啊我们来确认，我说。

我不想撒谎，在夏洛特去给兰尼的妈妈打电话，然后把兰尼带到门口——外套／鞋子／帆布背包／再见阿尔菲／再见兰尼——的这段时间里，我对她产生了一种强烈的厌恶，不是因为她防范我，而是因为她门厅里摆着雷诺阿画作的镶框复制品。

我通常能够想法子理解一些可怕的玩意儿：撒旦崇

拜、去咖啡因的咖啡、整容手术；但雷诺阿的《博尼耶尔夫人的画像》？不。它无法得到理解或原谅。镶在金色塑料框里，聚光灯从上头照下来？无意冒犯，夏洛特，地狱里可没一间足够炙热的房间配得上你这种品位的女人。

稍后，我们一边吃烤土豆配奶酪和豆子，一边聊起了树。兰尼和我在山毛榉问题上意见一致。一个英格兰图腾。

我有一本讲树的书，他说，我查了查铜山毛榉，*fagus sylvatica*，书上说"栽植过多"。

我想，我知道你说的是哪本书。柯林斯写的杂物箱系列，行文语气傲慢。是的，就是那本。别理他。扯犊子呢。

扯犊子呢。

这个词最好不要讲给别人听，孩子。

皮特？

在，陛下。

你相信死掉的齿草老爹吗？

哦？

你认为他真实存在吗？

嗯，不信。嗯，相信，只要人们相信，他就真实存在。所以我相信。就像美人鱼、弹簧腿杰克或伍匹德的绿孩子[1]，只要人们想到过他们，讲述过他们的故事，他们就是真实存在的。不管他是真的还是假的，他是这个村庄的一部分，已经几百年了。你应该问问老佩吉，她是专家。

是的，威尔夫的弟弟雨果说，他看到他爬过他们家花园的篱笆。一个全部由常春藤做成的人。

我对此半信半疑，兰尼。

他晃着腿，唱起了圣歌：

祈祷吧，行善吧，不然死掉的齿草老爹就找上你。他住在树林里。我相信他存在。我见过他。

我切换话题。

我要告诉你一些有趣的事，你可能已经从你读的书里知道了。树木吸收养分的部分，也就是树木最重要的活性部分，实际上就在表皮之下。所以树皮上的伤口，斧头、箭或电锯的轻微擦伤，都会对树木和它的内部循环造成很大的伤害。它只好绕着伤口生长。

我知道你要说什么，兰尼回答说。

你知道，真的？

他站起来，向天花板够去，肋骨和肚子，像一株香

---

1 弹簧腿杰克，据说1837年于伦敦现身的怪物，如火焰般的红眼珠子，口中能吐出蓝白色的火焰，善于跳跃，指尖长有金属利爪。有奇怪的现身方式，一双怪腿可以弹跳。

伍匹德的绿孩子，据说12世纪时现身于英国索夫克郡伍匹德的一个村子里。一个男孩，一个女孩，都是一身绿色皮肤，外表的其余部分都跟常人一样。

66

豌豆迎向太阳。

人类和树一样。

兰尼的妈妈

我被卧室外的啜泣声吵醒了。罗伯特像一个死掉的网球运动员一样，流着口水横摊在床上。我走出去，发现兰尼盘腿坐在楼梯口。他沮丧极了，喘不过气来。

我抱着他，安慰他，他就是一大团温暖的凸起。肘和膝盖是温暖的凸起，发烫的小脚后跟就像被内部小太阳加热的鹅卵石。

他终于哽咽着小声告诉我，水资源慈善机构宣传单上的那个小男孩可能已经死了。

我浪费了太多的水，在洗澡的时候，把热水来回倾倒弄凉的时候，给花园浇水的时候。

但是亲爱的，我们已经聊过很多次了，你不可能就靠自己一个人来挽救这个正在变坏的世界。你没法把我们水龙头里的水给那个非洲的小男孩。

他看着我，好像我说的是世界上最荒唐的话。他从我腿上爬下来。他的脸因鄙夷而变得阴郁。

晚安，妈妈。

早上他不在床上，也没有任何迹象表明他已经吃过早餐，冲进了树林。

兰尼？

兰尼？

我的书房里传来一阵窸窸窣窣的声响。我发现他正急匆匆想要关上我的电脑。自太古洪荒以来，可没有一个孩子看起来像他这么心虚。

他转向我，深吸一口气。这下有趣了，我想，兰尼可不是个习惯说谎的孩子。

我刚在读你的书。

哦亲爱的，这绝对不行。太不应该了。你还太小，读不懂。这是一本给大人读的犯罪题材的书。

我知道。我跳过了开头的部分，然后跳过了……呃……

暴力。非常暴力。

我想我是太小了，读不懂。

我想是的。

我应该十几岁的时候再读吗？

十八岁，我想。

对不起妈妈。

没关系。我为晚上说的话，说节水传单上的男孩的话感到抱歉。

没关系。我知道你要说什么。

我走过去，跪下来拥抱他，越过他的肩膀，我读着我那邪恶小说里的可怕段落。他发现了这部小说，我感到很难过。这不是他应该看到的。

妈妈？

怎么，宝贝？

因为爸爸的爸爸和妈妈都死了你觉得他更爱我们了吗？你认为他会把他通常给他妈妈和爸爸的那份爱转给我们吗？我们会得到额外的爱吗？

不会，我想。

会啊，我说。肯定会。

兰尼的爸爸

说定了一个计划。皮特会带兰尼去伦敦看他在科克街举办的展览，吃午饭，顺便参观国家美术馆，回来的时候正好喝茶。

我当然觉得这是好事，但又因为说"我觉得这是好事"时那副例行公事的语气，被她责备个没完。我觉得很好。这是好事。我信任皮特，我知道兰尼会玩得很开心，也会表现良好，学校的老师聊起过，他的作业有了很大的提升，他表达自我的方式也有了改变。所以一切都很好。他们想搭我的便车去车站，但时间不合适。那也很好。一想到皮特在我的车里，我就为难。我的真皮座椅。

我不知道该取悦谁。我必须取悦这村子但我不能，因为这村子对我而言也就是靠近伦敦的一个地方，我于是也成了这个问题的一部分，因果关系啊。我在此地唯一的权利是金丝雀码头的一个抵押贷款人帮我安排的，所以我坚持只要微小的胜利，微小的归属感的萌发，我相信我在此地的权利是兰尼，招人喜爱的小怪人儿，我在此地的权利是义务帮拉尔顿夫人砍紫藤，是皮特招待我喝杯啤酒，是我推开酒吧门时造狗屎砖房的工人说"干杯朋友"。我每周至少和佩吉聊两回，佩吉似乎喜欢我，这，难道还不算正式接纳吗？

皮 特

她特地带他过来，相当反常，因为他之前可是想来随时来，跑进跑出。她带他走进花园，坐在我对面。她很严厉。她问我能不能别再给兰尼讲恐怖的事情了，鬼故事之类的。她说，罗伯特问，嗯，我们问，嗯，罗伯特问。你知道，他还小。

我说，这么说我很不情愿，但是，是兰尼给我讲恐怖的事情。

我知道，她说。但学校老师跟我们讲，他一直在写神怪故事，黑暗东西，行为还有些古怪。一个五年级的女孩抱怨说，他给她下了魔咒。

哈！

一点儿都不好笑，皮特。

我知道，对不起。但得了吧，兰尼很好。与众不同，才华闪瞎人眼。如果某个自大的小娘儿们觉得他是巫师，那就随她去吧。她可以在学生社交网上给他差评。就算这样，在兰尼漫长而光荣的一生中，他会让每一场正常的测验，让每一样平常的规范和标准都哑然失灵。不是吗？

她笑了，用手捂着漂亮的脸。

噢，非常感谢你的帮助，疯皮特。能这样聊聊我很高兴。

她站起来，拍拍我的肩膀，走了。

所以那天下午我努力不提鬼故事，专心教学。

他对水彩画真是得心应手。简直天赋异禀。我对水彩兴趣缺缺，但兰尼相当有感觉。他能准确预估到吸收性和颜料的不可测性，让我印象深刻；他不用人教就知道怎么使用刷子，既能清除，也能上色。你可以舔一下，我说，如果你着急，如果你需要马上清洗它，你就把它舔干净，味道还不错。但别舔铅白色的，有毒。

他看着那只小试管。

吃多少白色的就会死掉？

这个问题我答不了，兰尼。或许得吃个一吨。要杀人有更快的法子。刷子上有白色了就别舔，这样我们就不用坐牢了。好伙计。

我们出门散步，在野蔷薇公共绿地的另一头画了一道闪电，如树木开枝分叉。他没精打采地跟在后面，背包叮当作响：装着水壶、望远镜、零食棒，还有一盒利宾那饮料。我们聊足球卡，聊他和伙伴们交换的塑料小战士，兰尼式的话语滔滔不绝地流淌出来，哲学意味的喃喃自语和一些小调，混杂着惯常的童言童语，突然我嗅到了大麻烟卷的气味，黏稠、浓郁、绿油油，一波波传过来。可爱的气息。我们经过公交候车亭的时候，姓亨德森的男孩，和住紫杉农舍的应该是叫奥斯卡的孩子，他们来回传递着一支大麻烟卷。那烟卷像教堂蜡烛那么粗，松松垮垮，用指关节敲过，但卷得很差，哎呀它闻起来真香。走过时我们点了点头，我举起一只手打招呼。

怪人，他们中的一个咳嗽着说，两人咯咯笑了起来。

我们继续走路。

我有点儿没话讲，然后兰尼问，你觉得，他们是在说我，还是说你？

我尖声大笑起来，出于一些原因，我觉得这事真是好笑死了。兰尼说，什么，什么事这么好笑？

我们踏着步子走在通往哈切特树林的遛狗小道上，那儿真是太美了。公共绿地和林地之间厚厚的植物墙绿意盎然，铁线莲穿过或缠绕其上，一大团尤其适合入画的缤纷色彩，蓍草微微发光，黑刺李和枫树缠抱在一起，毛地黄像正在招引人的细瘦手臂那样探出去，我还在擦我眼里笑出来的泪水，想着这事是多么令人惊讶：我，一个老男人，辉煌的事业处于尾声，人生孤独无依，却和这个小孩子成了莫逆之交。

兰尼的妈妈

我们去了卡尔顿大宅的迷宫，散步、野餐，好歹用一用昂贵的会员卡。

罗伯特滔滔不绝，说他在伦敦和兰尼、皮特一起吃午饭，说皮特穿正装有多帅。

相当帅气，像个时髦的老小伙。

亲爱的，他本来就是个时髦的老小伙。

是的，但他平时都打扮得像个稻草人。我说真的，他看起来像是广告公司老板，棕色小山羊皮靴子，迷人的亚麻正装，修了胡须，玳瑁框眼镜。

天啊，罗伯特，你是爱上皮特还是怎么了？

我只是想说，我觉得我们忘了皮特其实是个了不起的人。写到他的书有一打。我想他可能很有钱。

你这人太可笑了，罗伯特·劳埃德。

我们盯着这个标志，它提示我们迷宫颇有难度，说抵达中心得花四十分钟，那里有一条走道和一尊卡尔顿绿巨人的雕像。

兰尼呢?

他在啊。

兰尼?

远远地,从迷宫里传来口哨声。我们在第一道篱笆外面后撤几步,兰尼正在迷宫中央凸起的平台上,在雕像旁挥手。

搞什么鬼?罗伯特说。

我们对视了一下。

兰尼!回来,回来接我们。

我们等待。罗伯特张着嘴,盯着迷宫的入口。

他作弊了?他拿到了迷宫的地图?还是他在跟着什么人走?这儿我们以前来过一次,去年春天。他不可能记得。没人能记得。

我不明白。

几分钟后,兰尼冲出了迷宫,脸蛋红润,咧嘴笑着。

亲爱的,你怎么这么快就到了?

你说什么?

迷宫中央。要四十分钟。你怎么这么快就到了?

我跑过去。

罗伯特跪下身来。

兰尼,你怎么知道往哪边走?我是说,地板上是标记了路线吗？你是怎么到中央的？

跑过去啊。

兰尼！罗伯特抓住他的肩膀。

喂，罗伯特，冷静点儿。兰尼？和我们说实话，因为这事真的很神奇，还有些怪，是的。你怎么知道往哪边走？

兰尼彻底困惑了，像平常那样，有一说一，轻松自在。

我就慢慢往前跑。我每到一个角落，答案都很明显。左！右！我感觉得到该往哪边走。我就是知道。猜怎么着？中央的那尊雕像是死掉的齿草老爹。

我们去山上野餐，兰尼很健谈，罗伯特和我没怎么说话。

那天晚上在床上，罗伯特转向我，问我是不是还在想这件事。

我当然在想。但没什么头绪。

亲爱的，这真是奇了怪了。咄咄怪事。要不然他是个数字天才，能看见我们看不见的东西。像这种怪事，我只是，我在想我们是不是应该……

你还记得在我父母家那次吗？

别提了，我都不想去想。

我说的是兰尼小宝宝时候的事。他会爬，但不会走。我们在我父母家的花园里，他突然不见了。我们到处找，大喊大叫，渐渐惊慌失措，然后我们听到他在咯咯笑，就在花园尽头我那间老树屋里。在九英尺高的梯子上。我们每个人都坚持说，不是自己把他放到那里的，我们知道我们没有，因为我们之前都坐在桌子旁吃吃喝喝。但后来，我们告诉自己，这是我爸爸干的，他是个小丑，他一定是偷偷溜出去，把兰尼抱上去了。接受是爸爸在撒谎，要比接受找不到合理解释容易多了。

我们静静地躺着。

我在想着睡在隔壁的我的小宝贝。也许他并没有睡着。也许他正在花园里，和精灵或地精一起跳舞呢。我们假设他像正常孩子一样睡着了，但他不是正常孩子，他是兰尼·格林特里，我们的神秘小人儿。

皮 特

兰尼和我准备集合去他的地盘，之前我让他割开一些漆布，给他看了贝利尼[1]的《总督》，那着实让他吃了一惊。说好了我会走路送他回家，因为我今天还没出过门呢，我想我会在酒吧停一下，买几品脱[2]酒和一袋干烤花生。

我们最近没怎么见面。我一直在做新作品。他可能

1　乔凡尼·贝利尼（Giovanni Bellini, 1430—1516），意大利画家，威尼斯画派的奠基人。

2　品脱，英美制容量单位。英制1品脱约等于0.5683升。

也不想总和一个老男人混在一起。他今晚走进屋时，我很高兴。

贝利尼的《总督》，还是曼特尼亚[1]的《死去的基督》？

《总督》。

贝利尼的《总督》，还是倒放的厕所？

《总督》《总督》《总督》。那是我看过的最棒的画。

嗯我很高兴。我同意这幅画有点儿特别。我有一张"总督"的明信片，我要找出来。喂，十二点钟方向是领养老金的万人迷佩吉，就在正前方，避不开了，哦孩子我们完蛋了，眼神对上了，她盯上我们了，没人能扛得过她强大的吸引力，我们必须停下来聊聊天。

没问题，他说。这个爱交际的小混蛋。

我们发现佩吉心绪悲伤，这种情况越来越频繁。村里有意思的闲言碎语，还有每一对夫妇的八卦，她都不再谈起。佩吉这些日子相当难过。她身体虚弱，骨头发痛。她坚信，世上正有一种不可阻挡的邪恶在作祟。她没错。

我要说的是，她说着，把兰尼的手捏在她布满皱纹、握成杯状的双手里，我要说的是，年轻人，看到你我非常开心。每个人都热火朝天地讲电话，开着闪闪发亮的大汽

1　安德烈亚·曼特尼亚（Andrea Mantegna，1431—1506），意大利帕多瓦派文艺复兴画家。

车飞跑，在我看来，你是属于过去年代的孩子，一个真正的人类孩子。

噢，别上当啊，佩吉，这家伙很懂电脑，总有一天他会大显身手。

兰尼咧嘴笑着，挣脱了佩吉皱巴巴的手，躲开我的揶揄。

我要说的是，很快，小家伙，我就会死掉。我是最后一个了。我就在这扇门边挥手送别了我那些离家去打仗的兄弟。他们没有回来，但村子像海边的潮水潭，一次又一次涨满水。各种各样的人。拉尔顿夫人喜欢假装她从小就生活在这里，但在我看来，她和她丈夫来到村子里不过是昨天的事，她丈夫身穿缀着铜扣的衣服，红脸团，每天喝一瓶红酒，然后她开始对我们呼来喝去。他们来了又去，我全看在眼里。但你是讨人喜欢的，小家伙，你对这地方产生的影响叫人愉快。

你知道吗？她说，我有一天会死掉，这座维多利亚风格的小屋会被拆掉，他们会在这块土地上建起三座仿冒的维多利亚风格小屋。这扇门将被一扇妄图复制这扇门魅力的仿冒新门取代。

你怎么知道？兰尼问。

我就是知道。

我不会让他们这么做的。

你知道吗，她说，《末日审判书》是怎么写这个地方的？

不知道，我们老实地齐声答道。

书上说，这个地方属于主教。书上说，它的价值相当于十块兽皮，十六块耕地，二十九个村民和五个奴隶。

奴隶？我问，因为那听起来有点儿不对劲。

佩吉啧啧道，奴隶就是没有土地的人，皮特。

哦，好吧。

五个奴隶，十六块耕地，两百头猪，这片土地价值十一镑。

十一镑，兰尼当场跳起来，说，我存的钱有二十九镑。我可以买下它！

买啊，小伙子，我说。

买下来，好好照料它，小伙子，佩吉说。

你知道那书里还说了什么吗？

佩吉肘部支着门，又捉起兰尼的手，凝视着他的双眼。

书末用小字写着"Puer Toothwort"，很难辨认，但我看过它的照片。

哦，佩吉，我啧啧道，你这个混蛋，真是一派胡言。

书上是这么说的，皮特。就这么写的。自从有了这个地方，他就在了。这个岛刚刚形成的时候，他还年轻。除了他，没有人真正出生在这里。

这么说他年纪比你大？不可能。现在，得送这位小艺术家回家去，把他交还给爸妈了。

晚安安，梦甜甜，佩吉，兰尼唱道。

睡个好觉，好孩子，她说。睡个好觉，疯皮特，她眨眨眼。

兰尼的妈妈

他近来一直很冷淡。或者是我心思涣散。他来来去去，看起来忧心忡忡。我很少看到他。今晚，我到处找他，最后发现他浮在放满水的浴缸里，从泡沫中探出来的只有那张完美的脸。

只看得到头发清爽，雀斑细小。

你这美味的男孩儿。我要吃了你。

那可就"不好"了，妈妈。

妈妈们有吃儿子的特别许可，自古以来就有这规定。

妈妈？他坐了起来，浑身湿淋淋。

怎么了，小可爱？

昨晚我又梦见我和那只鹿一起奔跑了。

哦太棒了，你最喜欢的梦。

但这次我不是和鹿一起奔跑的男孩。我是一只鹿，我在一只鹿里面看着我，在想我是不是一只动物。我的骨架感觉更贴地、更结实，弹跳力更强，我的眼睛是鹿的眼睛，但我能看到鹿里面的我，我想的是"一个人类男孩"！

我很兴奋，同时也非常、非常担心。"砰"的一声，我被往后扯去，被卡在带刺铁丝网或金属犬齿之类的东西里，我的腿被撕裂，骨头露了出来。鹿们都在看着我，一点儿也帮不到我，因为它们是鹿，而我快要死了，它们觉得很糟，因为是它们绊倒了我。我知道是它们绊倒了我，它们用眼睛向我示意，它们这样做是因为我是人类，是因为它们不能任凭一个人类像鹿那样奔跑，这种事是不可能发生的。我打破了规则。漫长的煎熬。我需要去医院，需要吃药，需要说话，但这些它们一样都没有，所以我躺在那里，等待着。我等啊等，鹿们盯着我看。

胡扯，兰尼，亲爱的。好可怕的梦。

不可怕。只是难过。我感到特别难过。我们死了以后，会怎么样？

怎么问这个？

就是想知道。

嗯，我想我们的身体会腐烂，我们的灵魂会升入天堂。

如果我们乖的话。你相信有天堂吗？

我多少相信。相信。

我同意皮特的看法。

哦这样，皮特怎么说？

他认为我们的灵魂会分裂开来，四处游荡，好好地看一看万事万物。他认为我们头一回能看到事物如何运作，看到我们和植物距离多近，看到事物之间如何相互联系，最终我们会明白一切，但只有一瞬。我们看到的形状和图案，都美得令人难以置信，就像有史以来最好的艺术，还有数学、科学、音乐和情感，一切的一切。然后我们融解，变成空气。

那太好了。我很高兴，事情变得值得期待了。

我也是。

我爱你，兰尼。

你爱我我知道。

死掉的齿草老爹

他肚子饱饱，坐在他最喜欢的台阶上，因为担心而
表情纠结，

所谓的"稍事休息"，吓死人的脾气，
　　　　喝防冻剂令人费解，我们警告过他们，
　　缓慢舒适地做个爱然后睡懒觉，颜色像死了三天的绿色，
　　　会害死桑迪·克莱弗顿的是守旧

几乎平局，活活烧死，不正常的意图，腐烂的木头，
　　　　　　　颌骨断裂和轻微挫伤，

**死掉的齿草老爹了解自己，他感觉到了瘙痒在加剧，
是时候了，**

　　耀眼的黄色油菜，搜寻小个子子不然然个子就会长大
　　　所以我们带着弓搜寻小个子，无暇喘息，
发亮，城市生活习惯
　　　　可笑的那家伙但有什么奇怪的，打一下就跑，
　　一篮子死掉的知更鸟，下流的派对，花园里的垃圾

　　　　　**他匍匐着朝活物爬去，在春日巷下方爬着，
沿路冲刷过去，这样他就可以通过村子街道的正下方，这
样他就可以肚皮朝上在街道下方漂浮，喝着洗澡水和大便，
吸着脂肪团和沙砾，一个神秘而专注的偷窥者，**

　　　敲钟改到下午五点半，
没事，老兄，还是那些胡话，没法过自己的生活，
　　又是夜晚的恐怖可怜的小羊羔，口气酸臭，

　　扮演上帝我有时就是忍不住要哭，

无差别攻击

我们告诉她要小心，　　　　　　　　　　悲观的预测？
糟透了的，潮湿，跳蚤这样，排水系统，只是管子里的空气
边境灾难，
　　　　　　　　　　　　　　她拒绝领取伤残津贴，
　　吓坏了，　　　　　　　獾走的小道，

　　　　　　流血的痂，

向上进入水槽、淋浴头和抽水马桶，他任自己随意
闯入、窥视、品尝，

　　　　　发霉的芜菁和甘蓝，
　　　　　　　在走回家的路上着实吓坏了，
狐狸的鲜血，　　　　　　没有脏脏的烟喷出只有绿色，
　　　榛子树似乎缩小了，　　　　　　墙里的人骨架，
他是个异教徒，这是我们的地盘，没有治蚊虫叮咬的喷剂，
　　　　　　　裹着袜子打飞机

每一百年，事情就会发生，他无法抗拒，他感觉要
来了，他要有所行动，

　　　　　合适的拖链，
　　蛀木头的小甲虫在房梁上咔嚓作响，
　　被忘了，都变酸了，可疑的行为，油腻的笑容，

　　恶性　情况有些不对头，
不公平的情况恶性循环，　弥不到，

他时不时这样做，表演、干预，改变这个地方的性质，

　　　　　一堆自办的爵士乐杂志，
　三道菜，还有招牌葡萄酒，

84

我敢不敢 建议他去找份该死的工作，少成天在酒吧鬼混了，
神话存在必有其因由，
烧掉它，
我们从《诗篇》第 37 章开始，
最珍贵的财产，
一个灵魂堕落的民族
在公交候车亭里哭泣，
睡眠麻痹，我们十个人在史蒂夫的欧宝科萨车里，

他无法抗拒，永远没法抗拒；他无法抗拒，也永远
不该抗拒，

我们是不是该谈谈生态保守主义，改天再操心标志的事，

晚安，亲爱的，日子难过啊，
可乐瓶和飞碟，
发霉的握手，韧带撕裂，
吓死我了，
吓死我了，男孩子毕竟是男孩子，被陈年的头发堵住了，
一个英国人不是去捕猎，就是被猎捕
受惊的宠物，
脸像一袋软塌塌的肛门，伙计，
不敬神的驯雪貂的疯疯子
他们全都可耻，
孩子们的想法很变态，用火烧小矮子
大人们也都很奇怪，用火烧小矮子
有人在监视我

我有一种特别奇怪的感觉——有人在监视我

他在忙活着什么。

兰尼的爸爸

我醒来时紧攥着拳头，耳朵里嗡嗡作响，楼下有人。有人在房子里。我以前经常有这种体验，但现在我习惯了村子里的声音。我听得出刺猬顺着绿化带边缘移动的声音，我听得出邮递员大清早走在碎石路上的脚步声。我听得出拉尔顿夫人深夜烘干衣物时的怪异嗡嗡声。这个声音不对。是人的动静。

有人在我家里。

我没叫醒她。我从衣柜里拿出板球球拍。踮着脚走出卧室，我脚上的小骨节噼啪响。

当我蹑手蹑脚穿过楼梯平台，在楼梯顶上停下来倾听时，我的脉搏在耳朵里清晰可闻。一片死寂，只有我"砰、砰、砰"的脉搏声。

小心翼翼地走下楼梯。没人。我脑袋里塞满了受惊的男主人的台词，"来啊，你这该死的"，膀胱也紧张得发胀，因为我其实没什么防卫能力，我难说勇敢，我无力战斗，从没战斗过，我在资产管理部门工作，只在微软 Outlook 上搞地下战斗。我吓坏了。

厨房里没有人，但气氛已经吓瘫我了：想象有人，许多人，一排排戴棕色麻布头套的男性面孔，在铁丝网后拿着强酸，正虎视眈眈；他们白天是农夫夜里是杀手，就隐在窗玻璃外朝内看着他们的一个同伙尾随我在这房子里走动——天哪，这让我又恐慌又耻辱，所以我开始虚张声势，演出一副"就随便看看"以防被人监视的模样。这多蠢啊：真以为家里有入侵者的此刻，我却还在担心别人怎么看我。走廊里没有人，起居室里没有人，我胸口没有斧头劈过来，我后脑勺也没有猎枪指过来，我身后只是我家里的角角落落，我面前只是我时髦妻子设计的黑暗室内，还有我在窗玻璃里的映像——我猛地打开楼梯下的壁橱，胸口一阵剧痛，恐惧引发的心绞痛，然后，楼上传来一声紧张的尖叫——

罗伯特！

我三步并作两步奔上楼去，确信无疑，清晰勾勒出我卧室里有一个身穿黑斗篷的大块头男人，他拿刀抵着我妻子的喉咙。我大步踏进房内，举起球拍，她就坐在床上。

我听到有声音。

我也听到了。我什么也没发现。

我的勇敢女人，她看起来真他妈吓坏了。她低语着。

就在这里。这里有人。房间里有什么东西。

我攥着球拍跑过去，在她身边跳上床，突然像个孩子，怎么也没法勇敢起来了。我想到报纸上印着照片：我们血迹斑斑的墙壁。我的心在胸膛里砰砰直跳。他在衣柜里？他是被单做的？他在天花板上？他在我妻子的皮肤下？她瞒着我？我能杀人吗？那会很疼吗？他会折磨我吗？

我很害怕，

我害——

一阵沙沙声，什么在动，就在这里，就在我们身边，在床底下。有人在我们的床下，在我们的卧室里。我们会被杀死在自己的床上。

她紧攥着我的手，就像我们的儿子来到这世上时她攥着我的手那样紧。

我需要挺身而出。也许是一只迷路的猫，也许是一个惊恐的难民，也许是一只奄奄一息的狐狸，也许是一个衣衫褴褛的幽灵。我需要立即行动，用勇气给自己提气，毫不停顿，当意识到她需要我而我在照顾她时，我奇异地平静下来，翻身下床。我滚了下去，砰一声落在地上，举起胳膊准备拿球拍使劲儿平扫地毯，准备把球拍不停砸向那个男人的脸。

床底下，眼睛睁得大大的，可能睡着了，也可能醒着，是兰尼。他四肢僵硬，躺在床下，像一张卷起来的地毯，两臂放在身侧，正盯着我的身后。我们的孩子。他脸上毫无表情。

稍后，我们俩醒着聊这件事，她说我生气过头了。

你骂他是该死的怪胎。

我知道。

你明天要道歉。

他已经长大了，知道他把我们吓了一跳，我很生气。

他不能再这样了。让人担心。

你要向他道歉。

我知道。我很抱歉。我……又惊又怕。

我很抱歉。

我想我这辈子从没这么害怕过。

要喝点儿咖啡吗？

要。

皮　特

心情很奇怪。喝了几杯啤酒，喝了一些威士忌，又喝了一些还没发酵好的黑刺李金酒。

村子里的声响很不对头。我绕着街区走了一圈，不太舒服，就赶紧往回走。路很暗，又坑洼又湿滑。我藏在厨房里，但家里不同物件之间的气压也都不对头。有什么坏东西。我在桌上放了一杯饮料、一张报纸和一支笔，这三样东西简直都要腾空爆炸了。事情正在迫近。

我坐着，一呼一吸，往复六次。

冰箱上有一张我朋友本寄来的明信片：一幅拉韦利乌斯[1]的画，画的是一匹摇摇晃晃的威斯特伯里马，火车在后方隆隆驶过。我珍藏多年。我看着这幅画，这件可爱

1　埃里克·拉韦利乌斯（Eric Ravilious, 1904—1942），英国画家。

的英国玩意儿，感到恶心。胆汁冲到嘴里。脖子像发烧时那样出汗。我把明信片从冰箱上一把扯下，想撕掉，但这似乎并不能抵消我对它的憎恶，长期积累下的憎恶。我又喝干一大杯杜松子酒，盯着明信片。我讨厌那古怪的形象。对这张卡片的憎恨似乎一直隐藏在我平静的生活之下，天知道有多久了。我全部可恶的、罪孽的生活，都在排着队要抨击这可怜的画了。

我保持自我，保持对它的厌憎，这厌憎在我的胡子里，在我的耳朵里，在我的指甲下，自从我的父母告诉我滚蛋，就因为我是一个同性恋，一个耻辱，自从我第一次读到那些小册子，其中讲述勇敢的英国人在孟加拉、在肯尼亚、在北爱尔兰的所作所为，自从我第一次看到动物被屠宰，自从我第一次把我该死的灵魂卖给伦敦的画廊，卖给时尚杂志，自从我第一次在腐烂海鸟的喉咙中看到超市购物袋，自从我在火葬场的幕布后看到助手们咯咯笑着把骨灰撒落在地板上，这一切，这些痛苦的事成群结队，我不知道怎么了，但我现在蒸汽喷涌。我咆哮，我恼怒。我拿起一支圆珠笔。我坐下来，非常仔细地在明信片上画了几条线。我转了转卡片，再画上一些相交叉的线：一个网格掩盖了郁郁葱葱的威尔特郡的山峦、神秘的新石器时代的玩意儿、美妙的云、"呜呜"开动的可爱的二维火车。我诅咒在这幅画之前和之后一切虚伪欺瞒的英国水彩画，诅咒每一个批评它的白痴，然后继续在其余地方画上交叉线，网格越来越密集，拉韦利乌斯再度遁入漆黑的夜色，可怜的人，闪亮的黑色墨水模糊、弱化，终于抹消了我朋友本的一片好意。

我不了解自己。

我不知道我到底该做什么。

兰尼的妈妈

我睡不着。罗伯特的呼吸声听起来就像一扇小门打开时卡住地毯了。咔嚓声。拖着脚走路的声音。有人进来了。咔嚓声。拖着脚走路的声音。有人走开了。

我睡眠通常很好。今晚村子里又窒闷又湿热。

当我身体不适，当兰尼还是个婴儿的时候，那是在伦敦，我读各种各样写来吓唬年轻妈妈的文字。关于婴儿猝死和挤压、窒息和过敏、扁平的头骨和弯曲的背部、受损的眼睛和变质的牛奶。一天夜里，我醒来，发现兰尼没有呼吸，我接受了。我很容易就接受了。当时是半夜，我感到口渴，说不出话来，羽绒被滚烫。我一直梦着那部电影，电影中，谷仓里的人假装自己是耶稣。透过窗帘，街灯泛着叫人难受的黄色光芒，孩子已经死了。

我静静地躺着。我没有碰他。我没有尖叫。我没有动，也没想罗伯特在哪儿；我没有惊慌，也没有哭泣。我静静地躺着，可以清晰地思考。现在一切都结束了，你可以做回你自己了，我想。这个悲剧将是你一生的故事，但这一生是属于你的，若有需要，你可以就此长眠。你赢得了睡眠，躲开了恐惧。再没有孩子了。

我记得那个夜晚，而且奇怪的是，我珍视那个夜晚。

罗伯特放屁了。

一只猫头鹰发出半只猫头鹰的噪声。

在床上、在这栋房子里、在乡下待着，我很舒服。

我记得一段祷词或歌词，讲的是安然经受命运的不仁怀抱。

死掉的齿草老爹

死掉的齿草老爹从褐色水坑里走出来，普通人打扮，戴鸭舌帽，披雨衣，蹬耐穿的靴子，走过村子，在晚间外出散步。他用口哨吹出一首歌，这首歌是一组私人指令。他把自己的计划注入这家乡一般的地方，把计划像润滑过的钢丝般滑入村子柔软的血肉，滑入建筑、花园、污水管道和水箱，滑上大宅的车道，绕到后方，滑到运动场，滑入啤酒泵，滑入教室里的书中，滑入天然气和电，滑入教堂塔楼的钟里，被吸进鼻孔，搓成棉花，进入男人和女人的身体，被折入汗湿的皱纹，被挠进发红的眼睛，滑入孩子们的梦乡和沉睡中的家畜的骨头里，他吹着口哨，不停吹着口哨，给出去那么多，以至于他几乎无法凝聚起一点儿自我意识。真让他筋疲力竭。

他以前这么做过，但从未像这次一样投入。对于这件可怕的事，他是认真的。无比认真。他做出了百年一回的努力，用口哨让自己的梦想成真，让这个村子能够迎来重大时刻。走到树林边缘时，他已化为一缕气息，一个暗示，他只是一个沉默而温暖、有如黄昏般的危险，獾和猫头鹰早前见过这场景，它们知道不要跟他打招呼，要躲起来。

2

传来的歌声，被他动物般的呼吸温暖。

给我带来礼物。

一两秒后。

兰尼？

我想知道他在哪儿。

又一秒后。

兰尼在哪儿？

这些话到现在仍很常见，嵌入我日常生活的表面。比如：Wi-Fi 密码的贴纸在哪儿？为什么我把标签剪掉了还这么痒？为什么这些鸡胸花了老长时间才解冻？

我的儿子在哪儿？

一个女人漫不经心地猜测她的孩子在哪儿，并不真的担心，因为她的孩子从来就不在她以为他在的地方。

白日里的完美时刻，看看表，到时间把洗好的衣服收进来了，到时间把兰尼找回来让他喝茶了，到时间自己待会儿了，到时间站起身来，在房子周围走走，窥视他的房间，唤他的名字，让房子里外的每一处小地方都灌满他的名字；他每次都这样——"小宝歌唱时间"听起来美滋滋，唤着"兰尼小豆子"走进花园，用口哨吹着"兰宝"走到街上，如果我早知道，我不可能优哉游哉地在路上漫步，更别说站定欣赏街灯了，如果我早知道。

但我不知道。

刚开始的时候，我看到了自己。一个被逼到快要崩溃的女人。开始被重塑为失败和痛苦的典范。我当然知道出事了。

时间板着脸，引导我，让我扮演主角。走那边，乔莉·劳埃德，离你儿子远去。

那个女人站在街中间，打了个哈欠，顿了一下。她是个好演员。训练有素。这打哈欠和停顿，几可乱真。

在这地方伸展身体、呼吸空气，柏油路，热烘烘，砍下的山楂树，对弗雷德的烟味的记忆，木材防腐剂，腐烂之物，柴油，几丛花，在屏幕前缩身坐了一天后站在街上，往路的远端看去，看他是否会从他的森林营地回家来。

我发了条短信，邀请罗伯特来家里。我在发送信息时还轻声哼着小曲。

按时回家吗？培根卷鸡肉。新烤了几道菜。带酒回来哦。老样子，正在找兰尼。

继续沿路走，看看他是和朋友们在哪里玩，还是被佩吉留住聊天，或是在酒吧的停车场里翻找塑料瓶盖。

痛苦地意识到时间分秒流逝。站定，思考。

想啊想啊想啊想啊想啊想啊

美女。是的，按时回家。看到你要的酒了，答：已经拿到！兰不在皮特家吗？

想啊想啊想啊想啊想啊想啊

没有，皮特今天不在家。我要去把小家伙找回来

✝

我刚在想，到啦。周末，我最爱的培根卷鸡肉，乔

莉心情不错，天气晴美，包里装着 2011 年产的里奥哈珍藏款红酒——当我滑进车站这台小巧、高效的通勤机器时，站台上传来了这样的声音。

✢

一个女人漫不经心地走路去邻居家。一个人赤脚走在马路上，踏在硌脚的砾石上，踩在凉爽舒适的石板上。一个人从一种生活的表面走向另一种生活的表面。这是一出正儿八经的戏剧，而不再是一个女人的独角戏了。

我敲门。

我盯着那六张邻里监督组织的贴纸，纳闷为什么每次贴上新贴纸的时候，拉尔顿太太都没把旧的撕下来。也许是为了加重声明的分量。或出于骄傲。或想留作历史档案。再要么，就因为她是个白痴。

✢

她敲了敲门。透过望远镜，我凝视着她那张毫无表情的脸，不明白为什么乔莉·劳埃德五官秀美，却任一头乱发遮住。我想是为了时髦吧。或是出于害羞。不让她好色的丈夫看到她。因为她是个傻瓜。

✢

我能听见她气喘吁吁地走过来，拖着步子经过走廊，呲呲作声，像童话里的女巫，喃喃自语。我听见她滑开她那扇仿都铎风格大门的几道门闩。她从门缝里往外瞥了瞥，低声说，哦。

✛

我看到她在等待，摆弄着拖把头，咬着嘴唇，像紧张的少年，坐立不安。我喜欢她慢慢地拔开门闩，一次一道。一看到她，我就假装惊讶，高兴地说，哎哟！

✛

我说，你好，拉尔顿夫人，你有没有碰巧看到……她打断了我的话。

你是一个有教养的人吗？

什么？

你上的是正经学校吗？

对不起，拉尔顿夫人，我只是在找……她又打断了我的话。

因为我原以为，"路边绿地禁止停车"这句话对一个受过基本教育的人来说，是相当清楚、相当容易理解的。

哦，这件事我很抱歉。那是罗伯特的一个朋友，你刚过来按了门铃，他们就走了，不过，对不起，我不知道你见过兰尼吗？

那个小女孩？

呃，是我们的儿子。他是个男孩。你认识兰尼。

她砰的一声关上了门。

✛

我心想，我可得把这停车的破事儿问清楚，可是她打断了我的话。

我看没看到那个小孩？

什么？

我看没看到兰尼？

说这些我很抱歉，但我对你们来到我们村子表示欢迎，已是好意——我强烈要求你们不要把车停在路边绿地上。

她抱怨着她爱炫富的丈夫和他开跑车的狐朋狗友，想把话题转到她古怪的小孩身上。

真没礼貌。

非常抱歉，但我挺忙的，我说。

我礼貌地关上门。

　　✝

我脸红了，感觉眼泪针扎般刺痛。我不喜欢争执，只会觉得尴尬。我震怒。我深吸一口气。拉尔顿夫人这样对我可以。她以前就这么做过。我害怕她，鄙视她，为她深受困扰，心烦不已，我丈夫觉得这很有意思。他开玩笑说会杀了她。拿那些让我心烦的事开玩笑，是我丈夫的特权。而这一切烦心事都发生在这里——在这村子，我们是新搬来的，这样他可以成天不在场；因为我们是新搬来的，我就得乞求一个恶心的老女人帮忙，求她行行好哪怕两秒钟，只为了问她今天下午有没有在附近看到我的孩子。

+

我思考了一下形势，觉得自己很了不起。我表现得体，让她得其应得，为自己刚才的应对感到高兴。我松了口气。我琢磨着她的行动。他们是新搬来的。他们把车子停在路边。丈夫只把村子当作睡觉和恢复精力的地方，当作工具，向他从克莱普厄姆之类非常恐怖的地方来的朋友炫耀新鲜空气或好学校；我要求不高，但我非常礼貌地发问，问他们能不能别把车停在路边，因为刚花了很多钱给草坪铺了新草皮；她出现在我家门前，若无其事，我不得不哄她道歉，她却只关心她那个四处晃悠的瘦巴巴的小孩。

+

我跪下来，朝门上的信箱里大声说，
拉尔顿夫人，你看到兰尼了吗？

+

你能相信她推开了我的信箱吗？
对我破口大骂！

+

我像个孩子，在屈辱和沮丧中备受煎熬。我真希望刚才用手机把经过都拍了下来，这样就能给罗伯特看了。在下一部小说里，我要写死一个拉尔顿夫人这样的角色（稍稍改头换面一下）。我愤怒极了。

+

坦白说，我为这种无礼和挑衅倍感困惑。我真希望有人目睹了事情经过。我至少需要看两集《阁楼上的古董》，才能放松下来。我愤怒极了。

十

如果我们说出我们真正的感受，会怎么样？

十

如果一个人说出自己真正的感受，会怎么样？

十

如果我们，这些老混蛋的过于礼貌的儿女辈们，真的开始关注他们扭曲的世界观，关注他们荒唐的利己主义和微不足道的权利，会怎么样？如果我真的杀了拉尔顿夫人，会怎么样？世界会变得更美好。要是能踢开她的门，再问她一次，那该多好啊！——我只是想知道你见过我的儿子吗，你这臭婊子，你这个讨厌鬼，顺便说一句，我讨厌讨厌讨厌你，我讨厌你身上臭烘烘的地毯和面包的气味，还有丝绸剪贴、果酱、煤气和古董的气味。我一想到你那发黄的羊羔耳朵，你毛茸茸的上唇，你堆在丘吉尔式的肥大指节上的传家宝戒指，你内部潮湿的大房子，你在地摊小报上刷填字谜时握在长斑的手里的沉重的银色圆珠笔，我就觉得恶心。

哦，天哪，你这个又丑又可恶的老太婆，你是我在这里见过的最差劲的人；你是这个英国村子里最差劲的人。你是英国最差劲的人。你是所有村子里最差劲的人。我希望你死掉，这样好人就能搬过来了。

+

如果我们，这一辈还有战争记忆的人，告诉这些令人不快的所谓年轻人，这是我们为之战斗过的国家，而你可不能在手机上买到归属感，会怎么样呢？她可能会刁难我，大喊兰尼在哪儿，就好像我把他藏到了储藏室一样。我本可以报警。那么她就不会跑过来用力捶门、大喊大叫，说她找不到那个头发蓬乱、愁眉苦脸、唱着奇怪小曲的小小吉卜赛人了。我想跟她聊聊这附近真正的社区是什么样的，是一个已经死去的社区，多亏了像她这样的人，买下房子，建起可笑的开放式厨房和玻璃墙。当然，指望这个名字都是编造出来的年轻姑娘理解这一切，简直是痴人说梦，她要是个该死的外国人都更好呢。我担心这会给社区带来不良影响。我担心生活质量会下滑。我为这个国家担忧。我希望她会感到厌倦，然后一个体面的人就可以搬过来了。

+

但我透过信箱平静而亲切地说：

拉尔顿夫人。很抱歉，我们的朋友把车停在了公共草坪。求你了，如果看到兰尼，你能给我打个电话吗？我们会非常感激的。他今天一下午都不在家，天都要黑了。谢谢你！好吧，再见。

+

但她似乎很快意识到自己做错了：

拉尔顿夫人，我非常感谢你对我们表达的好意。求你了，如果看到兰尼，你能给我打个电话吗？我们很担心。他上完美术课了却还没回家。谢谢你！你真是太好了。

+

走到半路，我听到信箱的折叶嘎吱开了。我转过身，看见她的小指头正在里面撑开信箱；在信箱砰地关上之前，她说了三个字。她把这三个字吐了出来，我想象这三个字顺着小路向我滚来，像是为了逃开她。我觉得我都可以捡起这三个字，擦掉她柏油似的口水，把它们放进口袋里了。

+

疯皮特。

+

她沿着小路，拖着步子慢慢走远了，但我就是没办法说出那显而易见的事。我一直等到她转过身，才透过信箱跟她说话，告诉她我认为孩子在哪里。她不为所动，好像我的话传到她那里有些延迟。我都觉得我本可以走到她身边，越过我的话，把那个名字直直念进她奇怪的脑瓜儿里去：

+

疯皮特。

+

然后，"兰尼"这个词像花朵一样，开始在夜晚的枝头绽放。"兰尼"这个词骤然升起，怪异、反常。

嗨，我是乔莉，你见过兰尼吗？

+

阿奇，兰尼在你那儿吗？

+

西奥，放学后你见过兰尼吗？

+

是兰尼的妈妈，她问我们见没见过兰尼。

+

乔莉发短信问我们见没见过兰尼。

+

去佩吉家敲敲门，问她见没见过兰尼，好吗？

+

兰尼的妈妈问我们见没见过兰尼。他显然不在他的"老男友"那儿。

+

她为打电话到我家表示歉意。我说别担心。当时是七点五十，我刚把盘子泡进水里。

我说兰尼和平常一样离开了学校，踩着春天的脚步，唯一不同的是他带着运动鞋。我记得很清楚，他带着他小小的运动鞋包。

我说他可能在皮特家上美术课，她说不可能，皮特今天在伦敦。

✛

慌张电话来自瘦兮兮女士[1]，那个丈夫是隐形人的女人，她找不到她古怪的孩子了。

✛

天要黑了。

✛

"皮特"这个词像花朵一样，开始在夜晚的枝头绽放。"皮特"这个词骤然升起，怪异、反常。

✛

该死，疯皮特把他塞进一座浅浅的坟坑里了，哇噢。

✛

不喜欢她，永远不会喜欢。她去吃屎吧。

✛

他用车载扬声器接起电话，是的，他在路上，是的，他一路上会留意兰尼，也许开车绕到后门那边去，要说他会从他的小营地或其他地方绕远路回来呢。是的，他会在皮特家停一下。是的，他的确认为事情很奇怪，但也许没什么可担心的，真他妈糟心今天可是星期五啊，我都准备好大吃培根卷鸡肉，准备好胖揍我肚子里咕咕叫的混蛋了。

---

[1] 原文为 Fitty Mcfitterson，化用美国动画《欢乐树的朋友们》中蓝色肥兔子 Fatty Mcfatterson。

✝

嗨，朱莉，我是劳拉，本的妈妈，我刚收到你的信息——

乔莉。

抱歉？

乔莉，不是朱莉。

哦，对不起。乔莉。

没事。你要说的是？

噢，本说他今天下午放学后看见兰尼在主街上走。

往城里？

是的，往城里，不是往回走。

好的，谢谢你，劳拉，你真是太好了，我想他可能是半路上去找朋友喝个茶，他随时都会蹦蹦跳跳地回家来。谢谢你的电话。

好吧，你保重啊，朱莉。天啊，我这是怎么了，抱歉，乔莉！

✝

皮特家的门锁着，天黑了。我往里凝视着。我轻拍厨房窗户。一整列怪石头排在皮特的窗台上。石头上有洞。

皮特？

我在房子后面转悠，要说他们在工作室里呢。

兰尼小豆子？

兰大师？

109

兰迪多诺?

我觉得自己是傻子。他不在。

在皮特家花园尽头有一樽该死的大玻璃纤维树桩。我一直好奇它是不是中空的。

我爬过长长的草丛,跨过生锈的油漆罐和搭了一半的木框,弯曲变形的木片,石板,桌子和绷带,动物头颅,只有上帝知道是什么的半成品雕塑或垃圾或两者兼有,我确信我是第一个穿着保罗·史密斯正装踏进这着魔地盘的人,走到那棵树附近时我相当确信兰尼就躲在里面,就要跳出来把我魂儿吓飞了,所以我说,兰尼?我跳上顶头开口的树桩大喊,抓住你了!

找到你了。

他不在树桩里面。

抓住你了。

树桩里面只有杂草和垃圾。我有些害怕。我回头看看花园,感觉皮特的房子在盯着我看。皮特家花园里的这所有垃圾和古董看着我出尽洋相。看着我并没有找到躲在假树里的我儿子。当然了,他根本就没躲在假树里。

我在想:求你了,兰尼,不要惹人恼。回家吧。

+

我们要不要打电话给乔莉,看看兰尼找没找到?

天黑了,他会回家的。

和仙子们走了,那男孩。

✛

鸡不在烤箱里，放在一旁，仿佛永远不会煮了。

✛

女人站着，若无其事地盯着手机。

✛

皮特说过自己有手机吗？

✛

事实上，开始，

开始……不，没事。

不，说啊。

开始担心了。

✛

艺术家皮特·布莱思？

是的，就是他，如果见到他，你能给我们打个电话吗？

✛

突然就夜里十点了，恶心的感觉开始在屋子里，在我们的胸口和喉咙里涌上来，胳膊也像得了流感那样沉甸甸的，膀胱嗡嗡作响，皮肤发紧，因为我们知道时间在流逝，而这流逝的时间是可怕的，平常的晚上变成让人闹心的晚上再变成可怕的漫漫长夜，不再有乔莉，不再有罗伯特，不再有家庭，不再有故事，已经是该死的夜里十点了，兰尼在哪儿？事实是，天黑之后还没回家在他可从没有过，好吧有过一次，但那次他不是一个人。他不在皮特家，不在阿奇或阿尔夫家，罗伯特跑遍乡野，在户外的高地上长长地、大声地呼唤，如果兰尼在树林里，他不会那么淘气，不会不回应，格雷格也照做一遍，大喊着，莎莉开车绕村子九圈，慢慢地开进城里，又开回来，一路寻找兰尼，他淘气但不会这样，他其实不淘气，兰尼有多淘气，我们从没想过，他并不淘气，他不会躲着我们，他到底在什么该死的地方，我们不断问自己，他在做什么，他在玩什么，我们说了很多，玩，玩耍，兰尼的小游戏，兰尼的小把戏。

✝

我思路清晰。肾上腺素。乔莉的父母说，你们为什么还没报警，他一个小娃娃，一个小男孩，老天哪你不报警是要做什么，老天哪你们俩为什么还在家里，你们一个待在家里守着电话，一个带上手电筒出门，去把孩子找回来，去他的营地，去教堂，去游乐场，去斯威利沼泽，去公交站，去村务会堂，去酒吧停车场，去冬青树篱。

✝

找到了吗？她说，没有，回家吧，警察来了。

✝

回　　　家　　　吧

✝

天黑了

✝

佩吉站在家门前的黑暗中，注视着。

+

来了好多人。

+

他们正在搜查他的房子，别再开玩笑了，太残忍。

+

我们都没睡。

+

该死的警笛和灯光，伙计，来点儿好吃的培根。

+

我透过窗帘看着外面的灯光，看着街上来来往往的人，我对格洛莉亚说，这就是"突然之间"的意思。有一回，老师告诉我"突然之间"这个词等同于"懒"。还有"妙"。

但是突然之间，格洛莉亚，大事不妙了。

+

这些事情不是在电视上看到的。一夜又一天很快过去了，没有人知道现在几点，有很多讨厌的流言，我们只知道皮特被带去警局问话了。皮特·布莱思，看在上帝的分儿上。

+

我家房子里有二十三个人，我家车道上有一群人，还有许许多多的轿车和面包车，屋顶上还有一个人，身上绑着安全索。

✢

你想收回这句话吗，斯图尔特？就在此刻，有成百上千的人在指责他们养育孩子的方式。评判。讲故事。我觉得你不想成为那样的人，对不对？

✢

看着我，罗伯特。看着我，老兄。看着我。他要敢动那孩子一根头发，我就把他手脚卸掉。我会把心脏从他胸膛里挖出来，然后踩，直踩进地里。

✢

简直没法相信，他们竟然把孩子单独托付给他，许多次。

✢

我看着小可怜乔莉的手，每一片指甲两边都是她咬啊嚼啊留下的血渍斑驳的伤口。她说，拜托，求求你理解我，我脑袋里乱糟糟的。时间疯掉了。昨天感觉就像几周前，又感觉像今天早上，时间弯曲了，没法理解。我很抱歉。那位警察告诉她不用抱歉。我用眼神向费格斯示意，我们找借口走开了，让他们去找吧，可怜的家伙。

✢

一架直升机在村庄上空盘旋，像一只硕大的蜜蜂，房子天花板震动。

✢

快讯：带小孩出去闲逛的老男人清白无辜，世上可没这种事。

+

又出门了。睡不着。我和男孩们画了一个圆圈，中间是疯皮特；我们还朝他家窗户里扔了一块砖头。我们会找到那孩子的。

+

她突然刹车。我被安全带猛地勒住。她在后视镜里对我摇了摇头。我坐在警车里，吓坏了。

你知道事情有多严重，对吗，皮特？

+

被猥亵，被绑架，被虐待，被玩弄，被抓住，被诱拐，我因为事情巨大的严峻性而茫然，简直没法面对了，所以我们中有几个人去了酒吧，酒吧里挤满别人，陌生人，一切迹象似乎都表明：真是该死的老男人诱拐了孩子。

+

停一下，喘口气，我的心跳说，时间啊时间，时间啊时间，到时间洗衣服，到时间接兰尼了，

想得足够用力，用力到我能听见他，

嚯嘚喱嘟，妈妈，嚯嘚哩嘿，

喝茶配什么点心，今天我好饿。

+

他们一直在给我讲我的权利是什么，如果需要我可以要吃的，如果需要我可以上厕所。可怕的条形灯光，装

在袋子里的个人物品，其他一些人来之前不许有人问我话，我对他们来到淡蓝色无菌室里的每一个人说，我不会碰兰尼，还每五分钟问一次兰尼怎么了，我已经提供了我的指纹和口腔取样，我的手已经被擦过一遍，他们说这么做无需你许可就好像我要把手抽回来似的，如果你现在告诉我们那很好，皮特，如果你现在告诉我们，你是无辜的吗皮特，我是无辜的吗皮特，进五号房间、五号会见窗口，火车票和衣服，我家里是不是有人，等着调取国家铁路、科克街的监控画面，有的先生，有人在你家，你需要告诉我们男孩在哪里，我想你会知道我们可以做任何事只要我们想做布莱思先生，他们有个人低声说，是在哪里附近？因为他们认为，你们认为，我们知道，我对兰尼做了些什么，说吧，你这嘴硬的可怜混蛋，不，我不要茶，不要律师，我想见乔莉或罗伯特，我想回家，我想帮忙去找兰尼，那真是惊喜啊本地出了个连环杀手，真没新意，我突然觉得我需要我妈妈或者我的画廊老板或者任何人来告诉他们我根本不是连环杀手我是一个该死的著名艺术家，但这不是重点，不重要，你是，我不，如果我卖掉几件之前的存货我可以买下整个警察局，我希望兰尼向这些人解释，看清情况，放我出去，读了写你的报道，你那时候真是臭名远播啊，带兰尼来见我，布莱思先生这正是为什么需要你告诉我们他在哪儿，争议人物，请冷静，他的父母了解你的工作吗，令人震惊，好吧现在房间里，你最后一次看到孩子是什么时候，磁带又开始转了，大家注意，你什么时候要喝茶布莱思先生都可以，有国安局的消息吗，我们是一边的皮特，能不能请你稍微靠近录音机，大家想的都一样，拜托能不能带点儿水和纸巾进来，大家都想让小兰尼安全回家。

+

他可没藏在你的手机里是不是，你这滑头的城里人，出去，去找他。搜寻他。找到他。

+

汤，祈祷。更多的汤，更多的祈祷。我的朋友；我们从来就有所准备。

+

为什么他的书包和运动鞋会在你的棚子里？

我想是他放的。

展开说说。

我想，他来过，把东西丢在那里。他以前就这样。他可以自由出入我家。

你为什么把东西藏起来？

我没有。

你可以在法庭上宣誓你没有把那两个袋子放在你的棚子里吗？

我可以。

布莱思先生，要确定你说的是否属实，法医鉴定会帮大忙的。

我想喝杯茶。真是疯述了。

再一次，请注意措辞。

+

她说，我们都是这么想的，我说，不，不是艾伦，不是的。没法想。想都别想。

+

旷野里的每一处隆起，看起来都像一个蜷缩的孩子。我的胃难受极了。

+

请搞清楚，我们在寻找一个活生生的孩子。这是一次寻找失踪儿童的行动。从统计学上来看，兰尼很可能会在之后的六个小时里回到家来，着了凉但心怀歉意。

+

爱德华，如果你跟我谈什么阴谋论或密谋之类的我发誓我会跟你离婚，闭嘴吧，哪怕就一次，要不然你出门去，去找他。

+

你能对着录音带描述一下我们看到的是什么吗，我工作室里的一些东西，可以更具体一些吗，是一些，求你了这太荒谬了，求你了，这是兰尼的名字，请继续，是兰尼的名字，被写了一遍又一遍，确切地说是五十五遍彼得，布莱思先生这算得上是强迫症了你说呢，这只是涂鸦，我做字母拼贴，字体，心不在焉随便做做，但你做的时候肯定一直在想着他，不，你的意思是你没想吗，不，不是的，也许，在我看来这是一封情书，这在随便什么人看来都更像是一种强迫症，根本不是，你能对着录音带描述一下我们看到的是什么吗，能不能回答一下，我工作室里的一些东西，还不睡觉都几点了，你能不能对着录音带描述一下，这是我速写本上的一页，继续，我不明白，你问过我了，我告诉过你我想帮忙去找兰尼，我不明白，那一页上是什么布莱思先生，画了两个性交的人，那是画，不只是画不是吗，我家房子里可能有两千张画，我认为那就是画，我只是在创作作品，这几十年我都是这么创作的，有些作品就是这种风格，布莱思先生你说的我理解但请给我解释一下这些"人体素描"和"春宫画"有什么区别，**不**，好吧布莱思先生，我换个说法，这些都是雌雄同体的人物进行性行为的明晰图画，**不**，那位散发玫瑰香水气味的女士在哪里，她说我没什么好担心的，你应该冷静下来，求你了，**不**，行了，我们休息一下吧，我不喜欢这样我想等一下，等一会儿，继续，什么，继续，我，天啊我不知道再怎么跟你解释了，你想，等等，布莱思先生我们休息一下吧，这不是，我知道你要说什么，我一直都在做关于性的作品，总是画画，和什么绝对的疯狂毫无关系，手湿乎乎的心虚有罪哦冷静下来，这是什么是维多利亚时代的猥亵罪审判吗我特别不开心我想和人说说话这太荒谬了人们写书人们写博士论文来研究我的画还有基督活着现在这不是一个严肃的事情吗，该死，那可不是性变态搞出来的涂鸦，神啊，我想跟人说说话，所以在给兰尼上的美术课上你有没有，**不不不**别说了我不信，别说什么布莱思先生，请冷静下来，布莱思先生，每次他移动他的手，就会有一个汗印留在黑色的塑料桌面上布莱思先生？

他抬起手

一只湿漉漉的手停留

他们的声音和他的声音，他脑子里的想法和他相信自己能听到的他们脑子里的想法之间，没有区别

他抬起手

他抬起手，房间里的冷气吹干了汗印上的水分和热量，于是他放下另一只手，又留下一个汗印，又一对罗夏墨迹[1]出现，体热的印迹，按压留痕，

逐渐消退，

他想着背上背着水滴的蚂蚁，小小的水袋，他记得少年时在希腊温暖得怪异的海水中游泳，记得当地人说的悬崖上那个可以跳水的地点，他跳下去，遇到一股冰冷清新的强劲水流

寂静到寒凉的水流切开了嗞嗞作响的微温海水

1　罗夏墨迹（Rorschach-couple），由瑞士精神科医生、精神病学家罗夏创立，国外有时称罗夏墨迹测验，或罗夏技术，是最著名的投射法人格测验之一。

一次又一次跳水

每一次都令人震颤

就像两个敌对水体的婚礼上的一位宾客

一次又一次跳入水中布莱思又一次跳入那海水中布莱思先生

以《圣经》，以我表哥的生命，以我在纸上、木头上、帆布上留下的每一处印记，我发誓，我绝对不会伤害那个孩子。

布莱思先生？

你能对着录音带描述一下我们现在看到的是什么吗？

　　+

上了一辆面包车，被用氯仿麻醉了，去了多佛港，南下穿越法国、西班牙，到了对岸的摩洛哥，醒过来，成了一个嘴里嚼着石榴的性变态富人的玩物。晚安，洛林，我不愿再想这事了。我们并不清楚情况。

哦有人清楚。

　　+

一整天，每一天。时钟的秒针锋利如带刺的铁丝。

　　+

简言之；不在意。不在意霸凌，不在意竞争，不在意教室争斗。他跟仙子们一起。但同时也见过世面，做事很重直觉。做他的老师，曾让人开心。没有"曾"……哦亲爱的。对不起。

+

我在想我该作何反应？我又去到户外，但搜救队组织有序，每个人都说，**回家吧罗伯特你休息吧**，我是最无能最不诚实的人。

+

你一直这么说。不要再说了，重点在我们已经知道的情况。

+

朱利安和菲的大儿子要写一篇关于彼得·布莱思的论文，他是彼得·布莱思的超级粉丝，现在他不得不重新考虑一下了。

+

他眼睛的颜色，但没说他吃饭时握拳的样子。他帆布包的品牌和形状，但没提他鼻子和脸颊上的一溜小雀斑。

我告诉过他们。

我忘记了。

我说过。

我记得。

他眼睛的颜色，但没说他走路时唱歌的神态。他帆布包的品牌和形状，但没说他指关节上的小伤疤。

+

房间里一片沉寂。

＋

那张 20 世纪 70 年代拍的照片里，皮特穿着一套"月
亮狗"[1]风格的装束，我是说，你应该查一下那混蛋的犯
罪记录编号，不是吗？

＋

她又用她天鹅绒般柔和的专业嗓音说了一遍：没有
一种应对方式**可以接受**。

＋

终于出名了：南在十点档新闻上谈到疯皮特是怎样
巧妙洗脱嫌疑的。

＋

我讲话，但听不出是自己的声音。我的声音，还有
所有其他声音，还有他仍未出现这一事实的砰砰敲击声。

＋

这个身穿光亮的灰色西装，脚套蓝色塑料袋，坐在
兰尼床上的男人是谁，他还拿着两台 iPad 和一小套化学
实验室的设备？

＋

他们应该检查一下佩吉的小木棚；从中世纪起，她
就在偷小孩了。

1　"月亮狗"（Moondog），20 世纪 70 年代美国一位盲人艺术家。
他留着大胡子，身穿自制长袍，头戴尖角的维京海盗头盔，常常在纽
约西 54 街街头表演。

✚

十五个人在同时说话，忙着把兰尼翻译成一张 A4 纸的失踪通告，在失踪人口的海洋里只是一个小点。

✚

一场重大比赛就是一场重大比赛，无论发生什么，我们都会为他，为这孩子赢下这场比赛。

✚

我想说但你都没好好听我说的是，在他家找到了一些非常奇怪的东西。

✚

失眠就完全做不来细木工活儿了，孩子。

✚

有人知道他在哪里，我要杀了她——这话莎莉说了四百五十遍，而她一直都值得信赖。难道不是吗？

找到。我的。儿子。用我的丈夫换我的儿子，带走他，让他离开我的视线，让所有人都从我眼前消失。我会闭上眼睛，在我的眼皮里面细细画出兰尼，只有我能画出来，当我睁开眼睛时，我想看到他。

✚

想象，想象一下自己是那个女人，哪怕十分钟，耶稣基督。

✚

有且只有一件事，那就是疏忽失职。

✝

那条抹布上有只厚颜无耻的浣熊说"上帝赐我耐心，但请快点儿"。怎么这么没有同理心？

✝

儿童虐待调查小组（CAIT）的值班中士加文说，和罗伯特谈谈。问问罗伯特是怎么想的。

✝

想想看，这一个又一个下午，这一天又一天，你完全不知道你儿子人在哪里。

✝

我在想：不要拦着乔莉的爸爸，让他去杀了皮特，带兰尼回家，让他把我卷起来塞在床上，让他永远盛气凌人地对待我、瞧不起我、把我当小孩看吧，只要兰尼跳着从车道上跑过来说，怎么了爸爸，格兰和格兰佐在这里做什么？

✝

我不禁要问了。你想让皮特杀了兰尼吗？你想吗？你想要一具尸体吗？

✝

好心的亚当说，一旦遇到和失踪案有关的证据，他们会优先进行 DNA 测试，但实验室在伦敦，而且要澄清一点：兰尼的 DNA 就像神奇的仙女之尘一样，遍布整个村子。再明确一点：兰尼的法医学证据遍地可见。这一切散布在主街各处，在村务会堂后方，在酒吧周边，在十几座房子里，就在卧室、游戏室和车库里，还在树林里，在公共草地上，在该死的树上——请原谅我的失言。没关系，好心的亚当，请继续说！兰尼的气味就像是整个村子的气味，他就在对面盯着我们看。

+

我查看了每一只带轮垃圾桶，每一次，每一只掀开的盖子或垃圾袋下，我都希望能看到一个死去的孩子，这么做也够让我受的。虽说天气干燥，我今晚还是要喝两杯，可以吗？

+

我说没说过，乔莉和罗伯是奇怪的一对，嗯，更别说皮特和那小家伙了，你懂的。

+

就没有信任这回事。信任只是害人的神话。

+

我在温室里。里面一团糟。雄心勃勃的蔬菜规划已经荒废。温床上有警察的脚印。还有一只破罐子。

马铃薯株上开了小白花，我抓住一株，拔了起来。洞里是一打完美的小土豆，有些还挂在植株上。还有一只塑料袋。我跪下来。我用衬衫把袋子擦干净。

不知怎的，直觉认为这很重要，所以我偷偷摸摸的。我回头看房子那边，看在我家房子里的那些人。我不想让他们看到这个。

这是一只拉着拉链的冷藏袋。里面有一张纸，纸上是兰尼的笔迹。

我呼吸急促，可能会出现的情景从我身上滚落，就像泥土从摇动的草根上掉落。

但事情比想的简单。真是典型的兰尼风格：甜言蜜语，取悦他人的愿望，超前思考的伶俐劲儿。

嗨呀马铃薯收获者万岁，今天是马铃薯块茎日！

我躺在温室植株丛生的地上，紧握着我的孩子在一百多天前写的信，我哭着，朝地上使劲捶打拳头。我要是早些找到这封信。我要是之前就叫他过来。我们就会笑着把这些小土豆拔起来，把它们从植株上抖下来。

　+

你可以给她一个拥抱，但她会咬掉你的胳膊。

　+

我在想，兰尼会和把他塞进车里的人搏斗，会挣扎吗？兰尼会被性侵、被谋杀吗？乔莉也这么想过吗？我能保护她，让她不要这么想吗？我从电视上知道他们有尸体搜寻犬，那些搜寻犬能嗅出尸体的气味，而眼前这些狗不是尸体搜寻犬，它们正在搜寻的是活着的兰尼，嗅着他奇异的牛奶似的气味，他的衣服，他没洗的头发。我的思绪飘来荡去，让我害怕又沮丧；我装出一副忙碌的样子。

✦

你睡会儿，这很要紧。

我睡不着。

那我也没办法了。

如果想帮忙，你就去见你认识的每一个人、你见过的每一个人，去走遍这个国家的每一寸土地，直到找到我的孩子，然后把他带回来给我。

✦

兰尼不可思议。没人记得他足球踢得好不好。他足球踢得很好。他经常唱歌。真的？他经常唱歌，但足球踢得好不好？他唱歌，因此被嘲笑。不，兰尼不会，他有一种魔力，我们都承认他神秘又特别。一种魔力，难道说，对成人和小孩，对所有人都有效？我不信。

✦

一天中无论何时，你都能看到二十几个看热闹的家伙，可悲的游客，在塑料警戒带外挤作一堆。真是搞得我好不安生。混账安吉拉·拉尔顿还给他们茶喝！

✦

有人在公交候车亭上喷了涂鸦——**"齿草老爹抓住了他"**。

✦

沃尔特开始露出怪相，吠叫着，围着雪橇场边那座古怪的混凝土碉堡似的建筑，嗅来嗅去。我想，哦，见鬼，要来了，我要看到一具尸体，我要抱着一个死去的孩子走上一两英里回家，我要上报纸了。但里面不过是一只腐烂的獾，密密麻麻的蛆虫从它的眼眶中涌出，就像一支动作缓慢、群龙无首的军队，冲锋，后退，乱作一团。

+

我梦见自己是圣母马利亚，在给兰尼喂奶，他是一个戴着手镯的欧洲画色调的婴儿，就被放在我天青石色的长袍上，背景是这个村子，罗伯特小小的身影在田野里收集干草。兰尼一边吃着奶一边长大，他膨胀、伸展成一个身材高大、肌肉发达的人，像雕刻出来的一样，从囚禁着婴儿的隐形岩石中解放出来，身子搭在我大腿上，胡子拉碴，硕大的阴茎垂向地面，还在吃奶，对着我咂口水，睡得很熟，但看起来口渴。我的乳房是卷心菜叶做的，我的儿子是大理石做的，罗伯特在背景里，身形小小，拼命地收割，跪在地上扯着绝望的稻草，而在镜子里，半模糊的是皮特，他正在给我们画像。

+

没有哪个失踪的孩子是让人气恼或讨厌的，是不是？"我们不会真的想念他那张平凡的脸，想念他成绩平平的学校作业。他很平凡，实际上还有点儿惹人烦，他不见了我们挺开心的。"

+

亲爱的乔莉和罗伯特，我在想着你们。我有时对兰尼有些刻薄，我感觉很糟。大多数时候，我不会这样，但有一回，我叫他笨蛋，他可能很难过。我真的很抱歉。我也在想着他，祈祷他会回家。詹姆斯·斯特德留。

　　＋

他们让我住在旅馆里。他们劝我不要到村里去。但我想去找兰尼。不要激怒别人，他们说。在这种时候，情绪难免激动。我想见见乔莉。我想帮助我的朋友。我想找到兰尼。然后，一个小个子男人，看起来像还没睡醒的田鼠，他走过来，告诉我我需要做心理咨询。他警告我，说我以后可能没法住在这个村子里了。我应该去看心理医生，充分利用提供给我的法律、经济和情感各方面的援助。我不应该接受报纸采访。

你相信上帝吗，布莱思先生？

不，我说。

就问问，没睡醒的田鼠说，迟早有用。

　　＋

我知道你冷漠、迟钝，但没想到你这么讨人厌。

　　＋

强奸、谋杀和施虐狂的暴力：读一读兰尼妈妈"刺激绝伦的犯罪小说处女作"中的场景。

　　＋

请安静。我斗胆再重复一遍，请不要和爷爷作对。请尊重弗洛和她现在必须做的精细工作。

✛

他是沙特阿拉伯的一个性奴，他是非斯的一位街头艺人，他在达德利运河苔藓密布的河底的一袋建筑废料中，他是酸，他是污水，他是混凝土，他现在有了一副新脸孔。

✛

看着我的眼睛，告诉我这没什么值得兴奋的——全国上下的人都在关注事情进展。

✛

我原以为他就是一个像童话公主那样蹦蹦跳跳的小男孩，但你不该说逝者的坏话，不是吗？

✛

皮特在明亮的日光下绕着村子走了一整圈，就好像他浑不在意外界，就好像他得到了公平的对待。

✛

不再是犯罪嫌疑人了。从那男孩离开学校的那一刻到现在，他都有滴水不漏的不在场证明。滴，水，不，漏。我们能对着那边水果老虎机上的猎巫队队长重复一下这个词吗？

✛

你从来没见过这样的儿童收藏品。就好像他卧室里有一座皮特·里弗斯博物馆[1]：木头化石、水晶和石头都

——————

1　皮特·里弗斯博物馆，主要展示牛津大学收藏的考古学和人类学藏品。

贴着"4000万年前"的标签，"萨福克海滩"、"老爸的天下第一笨蛋黄金"、鲨鱼牙齿、解忧娃娃[1]、绳结、洗指碗[2]、橡子、贝壳、钟乳石、许愿骨[3]，每一个物件都贴了标签，每一个物件都被珍爱着。

+

勇敢些，直接回到这里来，看着我们每一个人的眼睛。

+

亲爱的劳埃德先生和劳埃德夫人，我们在树林里玩空气枪，我们发现兰尼在搭建他的营地，我们叫他怪胎，踢了营地的墙，踢掉了一点儿，我还绊倒了他，我们都笑了。我很抱歉，他是个很酷的男孩，我希望他没事，希望他很快就能回家。迪恩·安道斯留。又及：对不起。

+

帕姆有一个这类劳什子的资料库。

什么劳什子？

1　解忧娃娃，传说中住在危地马拉高山地区的印第安人制作的一种身高数厘米的小玩偶，人有什么烦恼和担忧的时候，可以对着小玩偶倾诉。

2　洗指碗，常见于欧美正式宴席，用金属或玻璃制成，里面盛装约3/4的清水，有时在水面上浮有小花形状的装饰品，用来清洗手指和除去餐巾上的污迹。

3　许愿骨，火鸡或鸡脖子上形状像Y的一根骨头。有一个古老风俗是，吃到这根骨头时，两个人要比赛，一人一头一起扯，扯到长一点儿骨头的，就会有好运气，可以许下一个秘密的愿望，所以称这根Y形的骨头为"许愿骨"。

你知道的，失踪孩子的。

哦？

凶杀案，儿童失踪神秘案件，还有不少书，都讲的是著名的儿童死亡事件。

真是可怕。

是的，她告诉我她对这些事有些着迷。

真是可怕。

是的，她说离案件这么近真是梦想成真，她甚至有点儿希望事情不要结束。

这是我听过的最恶心的事，胖帕姆真是太邪恶了。

是啊，伙计，但你不应该叫她胖帕姆，这样不好。

　　＋

来让我提醒一下你，尼克，就在第一天，第，一，天。乔莉说她不相信皮特会伤害她的孩子。她第一天就说了。

　　＋

我知道你们是慷慨的，免费制作了头一批 1000 张明信片，但你们也是唯一一家支援行动却又收费的本地企业，你知道，你是波兰人，因此在传统意义上并不"属于"这个社区，我讨厌说这话，但还是得说，你是想赚劳埃德先生和劳埃德太太的钱，好吧，是想赚我们所有人的钱，真是人间惨剧。

　　＋

你这恋童癖你真不要脸。你谁都骗不了。我们没人信你，一个字都不信。

+

亲爱的各位，

我今天上午见了乔莉·劳埃德的编辑卡罗琳和部门法律团队的马丁，我可以确定我们将无限期地取消这部小说的出版计划。感谢你们所有人在内文泄露时保持冷静，感谢你们的关心和真诚。作为出版人，作为人，在我们最有前途的一位新作者遭遇不幸的时期，我想我们可以为我们的表现感到自豪。致以温暖的祝福，

苏珊

+

事实就是我的生活必需品，阿格涅斯卡。每年有七十万孩子离家出走。每年只有大概七百个孩子被绑架。我们就让概率来打消盲目的恐慌和阴暗的幻想，好吗？

+

穿着时髦裤子的老豪沃思没怎么说话，是吧？保持沉默，别惹得警察到他家花园里来发现几百具死尸？

+

佩吉跪下来，把古老的双手放在胸前她曾祖父用本地橡树的橡子雕刻的花环上。她低声说，请帮帮他。

她等待着，指尖划过树林。

她叹了口气。她的膝盖和脊椎阵阵刺痛。

我知道是你。

我知道你做了什么。

把男孩还回来。

+

狗只会交配，没法靠嗅觉就找出一个活生生的孩子来。

+

真伪竞赛，力争成为最属于这里的那一个，守护着他们既得的特殊地位。这一切都表明，大多数人都是蠢货。

+

他的头发，他的眼睛，他走路的姿势，他的门牙，他的短袜，他伤痕累累的膝盖，他的笑声。你可以从他小腿上的金色绒毛认出他来。我可以从早晨他牛奶味的呼吸认出他来。找到他找到他找到他找到他。

+

每五分钟珍就刷新一下消息：兰尼、#兰尼、兰尼新闻、#找到兰尼。但和珍不同，我真的上过新闻，所以我也挺享受在电视上看看自己，每个人都说我看起来很健康。很明显，十分悲伤，但还算健康。

+

只是想让你知道，每一天每一秒我们都在想着你，今晚我们向圣安多尼做了一场特别的团体祷告，祈祷兰尼平安归来。我们希望你们可以对上帝的爱打开自己的心，有了上帝的恩典，你们的孩子将被归还。对信者而言，凡事皆有可能。

+

我刚从公交上下来就遇见他，小混蛋，一个特权阶级的小傻子，背着他用一百镑买来的背包，因为期中旅行是去滑雪了，皮肤晒得黝黑。我问他，嘿，蠢货，齿草老爹的涂鸦是你搞的吗？他红润的脸上闪过一丝自信、一缕憎恨，但很快就不见了，他泪流满面地说对不起对不起对不起我很抱歉。因此，两个小时后，我们——他、他爸爸、他哥哥和我——就不再提起这事，一片沉寂，一句该死的话都没人再说，而问题是，我没说的，我提都没提的，是我的宠物死了的时候，家里的老人总会说"是齿草老爹带走了它们"。也许这就是为什么整件事把我吓了个半死，我只是想让事情赶快过去。

+

我还没正式自我介绍，我是安吉拉·拉尔顿，兰尼的邻居，我是政府和乡村协会之间的非官方联络人。

+

我不想扯谎，伙计，现在正是酒吧忙得不可开交的时候。不是抱怨。

+

挺早之前，警方就因为笨瓜的恶作剧电话警告过他，这不是秘密。有没有人觉得笨瓜是儿童杀手？

+

搭凉亭的时候，兰尼有没有说到过什么人，比如他在树林里遇到的某个大人？

+

是的，是的，公爵夫人，皮特是一个可靠的男人，皮特有一颗金子般的心，皮特是一个高尚的人，皮特连一只苍蝇都不会伤害，还有其他人尽皆知的陈词滥调，我会一直说下去，直到我那健壮的丫头把我的茶端来。

+

聊到了村里那只食尸鬼，聊到了如何安抚他。我说，佩吉，你可没怎么让我高兴起来，老姑娘。

+

我想着联络官卡罗琳·弗里曼，她穿着紧身铅笔裙和漆皮高跟鞋，于是我偷偷溜到卫生间去手淫。自我厌恶，偷偷摸摸的愉悦，卡罗琳·弗里曼的裙子裹在腰上，卡罗琳·弗里曼脸红了，性感的红晕涌上她的脖子，她回过头，说别担心，没人能听到我们，是的，是的，求你了，罗伯特，哎哟，天啊，羞耻，兴奋到脸红的释放，罪恶。

+

一开始我听到了说话声，但没想太多，因为爱丽丝经常会在睡梦中说话，但我意识到这是两个声音，两个孩子的声音，所以我叫醒加里，他也听到了，他听到爱丽丝在和另一个孩子说话，我们起身，走过走廊，我们听到，以我母亲的生命发誓，听到了两个声音，加里会告诉你的和我要说的一样。我们站在爱丽丝的房间外听着，他们像老朋友一样在聊天，聊他们最爱的食物，爱丽丝在说她有多讨厌花生酱，另一个声音，男孩的声音说，我也是，花生酱太恶心了！加里推开门，爱丽丝一个人坐在床上，我们问她，你在和谁说话，谁在房间里，爱丽甜心？加里翻找橱柜，查看门后，爱丽丝说，是兰尼。我在和兰尼聊天。我知道人们会对我们指指点点，说我们瞎编，但我相信我们一家人见证了奇迹。

+

我不会对她说这个，但应该有人去说，告诉她如果她稍微化化妆那不会有损她的事业。她看起来不修边幅，简直快叫人没法同情了，你明白我的意思吗？

+

如果是你的孩子，而且经过这好一通骚乱之后他真的回家了，你得有多生气？不开玩笑，我肺都得气炸了。

+

她更难过——**等等，听我说完**——我们看到，比起兰尼的事，皮特被打的时候，她更难过——**等等，闭嘴，等等**——我要说，我要说的是，是有些事，好吧算了你们没人想听正确的看法你们都可以滚蛋了。

+

我钦佩你们做的这一切，但我认为，公开筹款并不是这可怜的小家伙想要的。还没到时候，嗯？如果他听到金光闪闪的苏丹，他会躲起来不现身。

　　✝

　　可笑的是，特蕾莎，事情进展之快令人匪夷所思，一个失踪的孩子迅速变成一个欣欣向荣的产业。我们这是有多驾轻就熟啊？

　　✝

　　黑暗依你的命令降临，亲爱的主，没有任何罪孽能逃脱惩罚。

　　✝

　　亲爱的乔莉，不知道你还记得我吗，我是艾丽莎，给兰尼接生的其中一位助产士。我记得他，记得你，也记得你的好丈夫。我只是想让你知道，我每天都在想着你和你的宝贝孩子，我希望他能回家。

　　✝

　　文件被归档，酒水被倒掉。"在这个不同寻常的孩子的神话中，这个村子的人似乎串通一气，就好像接受了他只是另一个会对这个地方——这个迷人的村庄，这个特别美好的地方——造成伤害的失踪孩子。

　　我打电话给我的老板，他指责我，说我陷在了那个地方，说我已经成了当地人，变软弱了。他模仿我的口音："这个孩子与众不同，不如叫停搜寻，给他画一些美丽的肖像画。他肯定是变成一只猫头鹰，飞到该死的霍格沃茨

139

和戴安娜王妃共进晚餐去了。"

　　+

　　我这辈子没见过比她更深罪孽的女人了，他们可要尽快把劳埃德家的花园挖开看看了。

　　罪孽更深。

　　什么？

　　罪孽更深，不是更深罪孽。

　　你要来一口吗？

　　+

　　那位好心的夫人说，你会觉得他是在黑暗中呼唤你，你感受到的只有悬而未决，还有声音响起，而你会记得，这个国家每三分钟就有一个孩子失踪；然后那情景再来一遍：你会觉得他是在黑暗中呼唤你，你能感受到的只有悬而未决，而我看着陶瓷洗手池的边缘，想知道我要用多大力气才能把自己扔进去，扔进去砸开我的头骨，撞开我的脑袋，然后一气冲向终点，也要记得，这个国家每三分钟就有一个孩子失踪。

　　+

　　自带家门钥匙的兰尼：自由游荡

　　失踪的兰尼的父母承认，兰尼在村子里可以自由游荡，至于他去了哪里，他们常常**"毫无头绪"**。

　　+

　　我站着，看着村子，想着罗伯特和乔莉在村子另一头遭遇的无可破解的局面,可怜的皮特独自一人担惊受怕,因为或许是最可怕的事而受到指控,媒体接踵而至,安营扎寨,这可怕的窥淫癖生态系统把他们当成食物,这无眠的几天度日如年,我就站在楼梯旁,也遭遇了一场深刻的危机。我们怎么能做到信赖?我们怎么能把孩子托付给别人?我们怎么能相信自己?人类究竟是如何结群而居的?我跪在台阶旁,开始祈祷。我感到万分绝望,我觉得失踪的孩子是我们最最应得的,是留给我们的唯一的故事,失踪的孩子,这念头残忍到让我作呕。我咳嗽着,嗅着,坐在那里,一副不信神的模样,直到看到保罗·希尔顿和他的黑色拉布拉多犬一起走过来,我才振作起来。

+

专家小组,我相信他们十分专业,但他们破坏了草坪,鸟用小水池里还有一支破损的圆珠笔。

+

去和他握手,主动提出帮他修房子。

+

已经五天了。感觉像是几个月。

+

我可不是"别鸟它"的马里昂,但我们也要诚实一些,每一个想逞一时英雄的驽钝的小混蛋,表现得好像他们是肥皂剧里的武打明星,追封兰尼为圣人,一辈子从没给别人帮过一点儿小忙的家伙,突然蹦出来,进入搜救模式,要"拯救光明之子"。很抱歉，但我想说这真是够浮夸的。

　　✝

　　皮特？

　　乔莉站在那里盯着我。我不记得我应门了没有。我不知道现在几点了。

　　皮特。

　　她看起来筋疲力竭。像纯灰色的画。她看上去是半透明的，仿如幽灵。

　　她看起来想必和所有经历过人间惨剧的母亲一样。

　　我动不了。我僵立在原地，像被乱箭射穿的圣塞巴斯蒂安[1]，因为她来看我，我感觉自己从头到脚被刺穿了。

　　哦天哪，乔莉。

　　她看了看我支离破碎的家，看了看墙上的涂鸦和被毁坏的物件，看了看警方的警戒线和官方文件的复本，看了看洒在水槽和餐具柜上的颜料。

　　她看着喷在厨房墙上的紫红色大字——"恋童癖"。

　　她走到我身边，把额头抵在我肩膀上。

　　我没有回抱她，只是站着。

　　她说，对不起。我把脸贴在她头上，说，别。

1　圣塞巴斯蒂安（St. Sebastian），天主教圣徒，在三世纪基督教遭迫害时期，被罗马皇帝戴克里先杀害。在文艺作品中，他被描绘成遭捆住后用乱箭射穿的形象。后来得知他还没死时，罗马皇帝下令用棍棒将其打死。

别。

她说，对不起。

对不起。

她说我知道你永远不会。

我摇了摇头，抱住她。

+

米克靠在吧台上对我说，别天真了，甜心，失踪的小孩，被谋杀的女孩，被强奸和被迫害的女人，被拐卖的少年，残害孩子的父母，关押性奴的地牢，装在袋子里、藏在露台下的尸体，这是价值数十亿美元的产业，积极扶持者正是某些势力——"嗝"——他弯下腰，从印花地毯上捡起一粒掉落的花生，因为动作用力而涨红了脸。

那些势力总是——"嗝"，他双手拢住嘴打了个嗝——总是为了钱。他给我讲的是八卦小报经济学，还有坐在权力桌旁的是谁。他鼻毛上沾着黄褐色的焦油，身体晃荡地说着，一边不住地瞄着我的胸部，一边破解这个世界的大秘密，而我在想该做点儿什么来配茶。

+

熟悉本专栏的读者知道，我喜欢从表面上看问题。那让我们来看看她的"表面"。这个女人，这个英国式伤痛的典型代表，拥有漂亮的骨架、天然的秀发和诱人的嘴唇，这个女人显然正在经受身为母亲最为可怕的噩梦。哦，是的，她真是全英国的悲剧女王；我们这位"担惊受怕的平凡母亲"从所有处境相似的母亲中被选中，就因为她的脸和她的村子都美丽如画。目前看来，一切似曾相识。但如果在众目睽睽之下，还有什么东西是隐而不见的呢？亲爱的读者，我们的工作不就是去窥看表演背后的风景吗？在这个国家，我并不是唯一一个为劳埃德夫人的表演感到困惑和不适的人。这位专业的女演员受过心理操纵和说服观众的训练，却不能让我信服，这是怎么回事？一本"情节设置完美的心理惊悚小说"（如果读过泄露出来的那几页，你就会知道这是一本邪恶的书）的作者，作为这部家庭剧的主演却让人难以信服，这是怎么回事呢？需要澄清的是，我并不认为她是谋杀犯，我们将在几周、几个月，甚至几年后看到真相，但亲爱的读者们，现在我要说的是，和乔莉·劳埃德有关的一些事给我敲响了警钟。

+

这个神迹事件，现在开始失控。一个连铅笔都拿不稳的四岁男孩代兰尼写了一封信，说他很好，说他和天使们在一起。信的笔迹和词汇绝对超出了任何一个四岁孩子的能力，而他的幼儿园老师从头到尾都在场目睹了这一情况。电视台的人迅速赶到，这家人拒绝了六位数的报酬；要我说，整件事现在尤其叫人忧心。

+

我经常跟他说话。我非常非常了解他。我妈妈有一次还去他们家喝过咖啡。

+

如果你想知道什么是神迹，去问佩吉，我说。我心里很清楚，佩吉之前从没对记者说过哪怕一个字，她以后也不会说。

+

你永远猜不到我刚才看到了什么。我刚才看到罗伯特和皮特站在酒吧停车场上，他们抱着对方。我说的不是安慰式的轻轻一抱，我说的是，他们抱起来就像要把对方的生命挤出来。看在上帝的分儿上，皮特那副黑眼圈真是叫人心碎。两个人都颤抖着，紧紧抱在一起。你知道，我是个铁石心肠的人，但也被这一幕感动了。

+

布雷斯福德太太，我们不过是讲故事的可怜的生灵，沉浸在对其一无所知的痛苦中。西西弗斯，阿特拉斯[1]，艾蔻[2]，前有这一切可怜的灵魂，现在轮到我们。这是和他们有关的最古老的故事；永无休止的痛苦。

+

这个好心的心理学家，抑或警官，抑或医生，抑或联络人，抑或其他什么人对我说的话，我一个字也没听进去，但我的父母在听，罗伯特很懂得聆听，罗伯特很聪明，

1　希腊神话中的一位大力神，宙斯罚他用肩膀支撑天空。

2　希腊神话中的山林女神，天后赫拉令她无法说话，仅能重复别人的话的最后三个字。

洗完澡闻起来香香的，我的手太干了，指关节皮肤都裂了，多好的聆听者，一边写东西，然后，干什么？

你刚说什么？

你。

你刚说什么？

她说，我们找到了一小包兰尼的信，今天早上送来的，它们在'幽灵飞行员小道'旁公共草坪上的羊齿草草丛里，现在正在查看信件的是……"

+

就在那时，乔莉暴走了。

+

就在那时，我暴走了。

我挑起了一场体面的争吵。我就是没法坐在那里，听那个女人告诉我，我们必须认真想想兰尼可能会去做些什么，根据这最新的"证据"，兰尼"显然"是要做一些不寻常的事，而心理分析师又会来问更多问题，问兰尼和他的行为方式，问你可能和他有过的对话，是的，大坝崩塌了，我勃然大怒，我没想象过自己会这样，我不想道歉，绝不道歉，绝不后悔。我想不停地砸东西，不停地尖叫。我告诉那女人，如果她不在一小时内给她的上司打电话，把那些信带来给我，我就把她漂亮的蓝眼睛剜出来吃掉。

+

我在想，他们开始理解兰尼了，每次有人试图抓住他，他都有一种扭动身体逃脱的能力。我早习惯了。这么多年了，我一直在问自己，兰尼在哪儿。这男孩是怎么了？

✢

我们六人一组，又回到外面去找。把树林又彻底搜查了一遍。

皮特后来也加入进来，我们在果园里集合，找了一圈，到了豪沃思家的篱笆旁。行动，才可能有转机。不能只是希望和等待。

✢

很难描述它对正常思维过程的干扰和破坏。很难描述它纯粹的创伤，一切都变得不合情理，难以言表的渴望，无法抑制的对信息的渴求，却都被来自大脑或肚子的世俗指令砸得粉碎。一场全程乏味的对话；看着外孙还没回家却喝着茶的我，看着叠好女儿衣服的我，好像这样就能找回失踪的孩子。兰尼兰尼兰尼我们所有人，他的名字在心里每一个角落嗡嗡作响。我能想到的和它最相似的经历，是1963年，我和同学们躲在桌子底下，等待一颗核弹落在头上。它一度要来临。它终将要来临。

✢

半打小纸条，用花园里用的绿色细绳捆着，包在保鲜膜里。每个人都在窃窃私语，就是那个。就是那些字条。兰尼把字条藏在了灌木丛里。

+

对这种事，我想不到任何得体的回应。

+

现在我们下方在生长，我们上方在生长。

造一把剑！

收集雨水。

把它和人类唾液还有一撮泥土混在一起

这混合物就有了魔力，只对你有，

绿人混合了他的魔药

为我的旅程缝了一件秋天的外套

舔树液。打好包。

做好准备，等着

混合物唱出你的计划。

+

她一下午都坐在花园里，一遍又一遍地读着这些字条。

我无意间听到一个人说，不会轻易忘了今天。

人们来了又去。

所有这些专家、记者和善良的陌生人，都为这件事再明显不过的异常之处瑟瑟发抖。

他脑子里的想法。

现在看看他们。

我无意间听到一个人说，用"匪夷所思"来描述这件事都嫌不够，朋友。

猜测的风向已经完全调转。目前为止，我们所有人的脑海里都有一个捉小孩的人，一个小偷，一个伤害兰尼的男人。他每天都在成长，长出尖牙和虐待狂的技能，获得逃避法律的神奇能力和旅行代理的本事。这些信却似乎早把那个人从脑海里驱走了。

我无意间听到一个人对着他的手机说，鼓励志愿者们像孩子那样思考，像一个非常奇怪的孩子那样。

+

老人的胡须、常春藤和青苔，平安

度过几百个季节。

如果你被播种，世界不会被破坏。树木

会照管一切。

雨想办法绕过我，跑开去，

我是上蜡的树叶和坚硬的燧石，把明天的

阳光藏匿在我皮肤下，不予示人。

+

我走出去，和她一起坐在外面；我们一起读字条，一句话都不说。

+

我俩没人说话，只是看着这些信。彻彻底底匪夷所思。瑞克被迫杵那里，拿着装在塑料文件夹里的《获取最佳证据的指南》，就像一只逼真的柠檬，在一遍遍嘟囔着"真他妈的"。

+

我在想：真是一团乱麻的生活啊。我想念通勤的日子。我想念来回奔波的日子。暗自盯着兰尼奇怪的语言，雨想办法绕过我，我心里有个念头不断翻滚。我的念头就像一片滚烫的烤面包夹在我的脑海里：我并不想念他，我对他没有任何感觉。如果不是身在他失踪大戏的中心，我会在乎他不见了吗？这是禁忌？这是我的丑闻？这个秘密太可怕了。这可能是我唯一清晰的想法，在这里，独自和我"丧了亲"的妻子，读着兰尼留给我们的那些奇怪咒语或计划或什么。是的，我对自己说，事实如此。我的想法很清晰。现在，我很荣幸地了解到了这一点，这事关我们所有人。没有人真的对别人有任何感觉。一切都是假装出来的。

+

那些病态的人似乎走了，可能出发去看下一场新的惨案了。灾难猎手。

+

卡拉，求你了，我们都要渴死了。不管有没有孩子失踪，我们都不该为两品脱福斯特啤酒等足足六分钟。

+

好吧，道德高地先生，假设你拿到了乔莉的手稿，那随着小兰尼的报道逐渐增多，书不也会一起升值吗？除了王室成员，她难道不是英国目前最有可能赚大钱的未出版作者吗？

　　＋

　　园林绿地上的房子就是这个价格，我的朋友。省得麻烦。经济下行来去往复，孩子出生、失踪、长大、死亡。建设是我们的工作。为了我们翠绿宜人的土地，为了土地的价值。

　　＋

　　"安全的地方"这个概念本身就是专制的。

　　＋

　　我们都觉得自己很愚蠢。

　　＋

　　我祈求：庄严和叛逆的快乐。

　　＋

　　相信星座。

　　＋

　　如果你不害怕，说明你不对头。

　　＋

　　无趣的年代。

　　＋

　　还在看。

　　＋

佩吉回到她的古董大门旁。摩挲磨损的木头。等待着。

聆听结局。

等待。

3

我把自己裹在羽绒被里，乔莉不在身边，无论世界的这一部分建在什么样的石头台子上，那台子的底座也晃动了，我们身位倾斜，埋藏的东西探出头来，冲破表面。我望向窗外，看到一艘粉笔画的巨大的船缓缓驶进花园，有几百英尺高，在月光下闪耀光泽。

我把自己裹在床单里，罗伯特不在旁边，我也许是在沙发上，房子被翻了个底朝天，地板上都是碎石头，墙上爬满了常春藤，一根粗粗的楔形松针卡在喉咙里，噎得我喘不过气来。我低头看看自己的身体，发现它湿漉漉地发着光，像条鼻涕虫似的长着斑点；抽搐着，闪亮而黏糊。

我把自己裹在衣服里，在厨房的餐桌旁睡熟了，柔和又舒适的睡眠，在梦里我很享受，餐桌也温暖，我意识到桌子的材料是人的皮肤，气味清新，胖墩墩的脉搏有力搏动，悄声说，醒醒啊皮特，柔软宽广温热的吐息吹在我面颊上，年轻而活泼的吐息喷在我衰老的脸上，醒醒啊皮特。

彼得·布莱思深夜里往下看，看到厨房桌子上，就在他刚睡了一觉的地方，有一张小卡片。这是一份请柬。他读了请柬，震惊让他肌肉绷紧，让他疲惫的心脏加速跳动。皮特没有犹豫，用厨房水龙头的冷水擦了把脸，冲进浴室小便，然后穿上外套和靴子。他自言自语，甚至没带钥匙，不关灯，也不关大门，就匆忙走出家门，赶往他获邀前去的地方。

这个夜晚月光清亮，倒是不黑，但已时至半夜，飘着一股鸭屎或鹅屎以及一些水鸟粪便的浑浊臭味，混合着柴油或油脂的气味。奇怪的夜晚，皮特一边想，一边沿着大路向主街匆忙走去。真是奇怪。皮特停步。他已经来到了村子的主街上，但仿佛是从另一头过来的，仿佛现在是要回家。仿佛他是走在村子的镜像或反面印象画中。我懂了，皮特想，这个村子是一幅木刻版画，我此刻正走在这幅版画里。没关系，他现在半睡半醒。有些冷。不过是夜晚的一些把戏。皮特用手拢住嘴，像一个在吸烟或吹笛子的人，干净利落地吹出他的吐息，让吐息从噘起的嘴唇间穿过。他在街上步伐沉重地走，好像有一条激动的狗在扯着他向前。他又一次感到困惑，因为一切都颠倒了，因为他正离佩吉而去，而不是朝她走去，靠在她家大门上，他也没有路过村务会堂。佩吉本该在村子另一头。有人把这该死的村子翻了个底朝天，皮特心想，但是他管不了了，他太忙了，没空想这个。佩吉看上去年轻漂亮，她家大门还没有因历经大半个世纪的岁月而磨蚀，月光下，她的士兵兄弟们正在她身后踢足球。皮特走过去和她打招呼。"去啊，"她说，"去吧，彼得，没时间了，你得赶紧去那儿，他可不想你迟到。"

于是他微笑着挥挥手，加紧步伐，朝村务会堂走去，而那儿本该是山坡下方的一片地。

灯亮着，但他突然紧张起来，希望知道几点了，希望知道将要发生什么。村里的事情他从不参与。现在是一年里的什么时候？会发生什么？

匆忙的脚步声响起，皮特畏缩了，就像一个刚被打败的男人总是倾向于畏缩，但那只是乔莉。天啊，能见到乔莉真高兴。

她手里捏着一张皱巴巴的请柬。

又走了几步，罗伯特在清透的夜空下朝他们走来。

"罗伯特？"乔莉说。

"皮特？"罗伯特说。

他们都拿出自己的小卡片。

死去的齿草老爹呈上
兰尼：结局
村务会堂
今夜

他们走了进去，像三个紧张的孩子那样挤在一起，拖着脚走。沉重的木门在他们身后哐啷一声关上了。

一股浓烈的恶臭钻破村务会堂的日常气息（做了模型的干泥巴、老人身上的灰尘、插花用的泡沫塑料、尿、臭烘烘的帆布鞋），三位受邀的客人都分辨不出那气味是什么。很像是熔化了的沥青那奇怪而迷人的气味，但它自然、强烈，仿佛正在变绿，又甜丝丝的，其中含纳了什么死去或腐烂之物。三位客人在进门处摇来晃去，好像被下了药，在气味的冲撞下摸索记忆，好让自己适应环境。

他们手中端着盛了红酒的塑料杯，还有小小的粉红色彩券。大厅里的灯是刺目的条形灯，嗡嗡作响。

三位客人落座。没人说话。

"欢迎。"舞台上有一个声音说，"好，都到齐了。那么，1号彩券？有人拿着粉色1号彩券吗？"

小舞台上是一幅六英尺高的男子画像。他就是兰尼在皮特的第一堂美术课上画的无肩男人。他轻轻摇摆着，双腿处空空如也，脚草草画成长方形。他有盒子一样的胸膛。他没有脖子，微笑的脸庞上方是十多根整齐的头发，无视重力，高高竖起。在他身体的中段，与乳头平齐处，探出两条长长的手臂，两臂末端相接成圆，短胖的手指几乎连在一起。他在来回挪动横向摆放的僵硬胳膊。

"不论在哪儿你都能认出我来，是不是，皮特？"他说。

他用的是皮特的声音。

乔莉和罗伯特转头看向坐在中间的皮特，皮特年迈的脸颊上泪光闪闪，但他一言不发。

那人用僵硬、扁平、过度拉长的手，笨拙地向皮特招手示意。

"粉色1号？过来，皮特。你拿到了1号彩券。彼得？"

皮特没动，动弹不得。

那张微笑的脸僵住了，用皮特的声音又说了一遍："来啊，老家伙。"

慢慢地，好像椅子腿连在了画中人眼睛里的隐形牵引机上，皮特的座位被拖向舞台。皮特在抽泣，不出声地。他的脚滑过地板，像死人的脚一样朝后耷拉在椅子下方。绝望。他的双手可怜地交叉叠放在腿上。他在摇头。

他被平稳地拖到画中人所站的平台上。椅子撞到了舞台上的东西。

皮特抬头仔细端详。

"修好我。"画像说。

皮特摇了摇头。

孩子画的那张笑脸再次说话了，好像在播放一段录音，皮特听到他自己在对兰尼说话，那是两人共处的第一个下午。

"好吧，兰尼。你的胳膊是从哪里伸出来的？你让这家伙的胳膊从身体正侧边伸出来了，你猜怎么着？"

皮特摇了摇头。

画像吼道：

"修好我！"

罗伯特和乔莉突然迸出煽动性的刺耳尖叫："修好

他！""修好他！"

皮特起身，爬上舞台，膝盖因用力而发抖；他嗅了嗅气味，用袖子擦了擦鼻子。

"修好他！"

他抓住画中人的一只胳膊，拧下来。放下这只胳膊，猛地拽下另一只。

画像摇晃着，咧嘴笑起来，伸出舌头，但那不是舌头，而是一支粗粗的制图铅笔。他把铅笔吐到舞台上，皮特弯腰捡了起来。

"修好我，疯皮特。"

皮特回头看了看乔莉和罗伯特，他们已经变成了面部发亮的假人，变成了塑料观众，在座位上咧嘴笑着，浑身抖动。

他拿起铅笔，画了一条线。线不动。他在离画中人胸口一拳的距离作画，线都画得干净利落，果然，特征开始显现，看起来很真实，彼此结合起来，悬浮着，生长着，男人的肩膀处也生长起来——一条胳膊，两条胳膊，画得很好的胳膊，画像弯曲、炫耀他刚诞生的新肢。从兰尼单调、粗糙的画中，升起了一种典型、成熟、真实的生命，肌肉发达、生气勃勃。皮特下笔飞快。

"皮特加油！"塑料罗伯特说。

"皮特加油！"啪啪啪，乔莉机械地拍着大腿。"加油皮特！"啪啪啪。

画像又说话了，说的是皮特说过的话：

"现在是头，兰尼。我能请你看看自己，看看你的头和胸之间有没有东西吗？"

皮特伸手向上一拔，瞬间摘下了画像的头，把那张脸和一只胳膊放在半空；同时，开始描画一条敦实的脖子，喉结凸出，轻微的肌腱痕迹。他又把头放回去，给下巴和脖子打上阴影。

"谢谢你！"砰的一声，那巨大的混合体——半是孩子的涂鸦，半是成熟的生命研究——抽动着，超越了三维空间。"哦好啊！"他从高处抽回双臂，环住皮特，抱住他；皮特哭起来，颤抖着，双臂垂在身体两侧，紧握住铅笔。男人用强壮的、合适的新手臂勒他，把强壮的下巴抵过来，皮特身陷怀抱，喘息着，挣扎着。他受到约束，使不上力，画中人开始唱那天兰尼唱的歌，嗓音尖锐的冒牌罗伯特和冒牌乔莉的声音也加入合唱，从后方传来，皮特呼吸困难，只能听着，成年人的声音唱那首歌，听起来可怕极了，一个孩子随口哼唱的歌变成了狂热的咏唱，变成了恐吓似的调调，他开始感到困倦，他被挤压得那么狠，感觉自己困在了一圈温热中，开始向下滑落，开始落入这残酷拥抱之外的温暖地带，落入他在兰尼的歌中感觉到的舒适里去。

他们唱着："利蒙啊，苦车，雷蒙啊，芬纳姆啊，曼纳姆啊，维特卡，菲特卡尔……"活画像挤压着皮特，他现在浑身瘫软，被抱在怀里，衰弱无力，就像一套瘪瘪的老人衣服。乔莉和罗伯特粗鲁地大声唱着"利蒙啊，苦车，雷蒙啊"，一边跺脚，一边拍手。画中人俯下身子，在皮特耳边，用皮特的声音悄声说："你看得见他，对吗？十几岁的样子？你希望如此，是不是，皮特？你希望！你看得到兰尼，他看到你有点儿不好意思，或许是和他的伙伴们在公共汽车站，长了些胡碴，嗓音沙哑，他没打招呼，但点了点头，密谋似的一瞥，一种默契，对吧？好了，皮特。你看得见少年兰尼，是不是皮特？这是你的结局之一对吗？"

皮特在渐渐消失，消失在黑暗中，村务会堂成了回忆，黑暗在包围他，他为这个暗示而微笑，因为是的，这正是他曾看到、他所渴望看到的，所以他答道：

"是的。"

他们陷入黑暗之中，三位客人都回到了座位上，惊恐不已。寂静，凝滞，一片缄默。

有一种沙沙声，嘎吱声，一种踩过植物、碾过茎秆的噼啪声。

"要有光。"齿草老爹用一个年轻的英国女人的声音说。她咯咯发笑，发出一种冒泡的、轻浮的笑声。"一个好的开始，老家伙疯皮特的完美画作！"

灯亮了起来，罗伯特看到她惊人的美貌。叫一个忠诚的男人看到这个是痛苦的。

"粉色 2 号券？罗伯特，准备好了吗？"

齿草老爹用花做成的手指发起召唤。

罗伯特从椅子上一跃而起。他穿着昂贵的莱卡面料慢跑服装。乔莉和皮特不见了。只有罗伯特和齿草老爹。

"早就准备好了。"他说。

齿草老爹穿着六英寸[1]高的冬青花高跟鞋，摇摆着，在寄生植物做成的海绵似的地板上站立不稳。她差点儿滑倒，但罗伯特抓住了她的手肘。她的气味令人晕眩。

"谢谢。"她湿乎乎的手紧抓住他的手。"现在注意了，宝贝，"她轻声说，把湿漉漉的麝香气息呼在他脖子上，"你的第一次测试来了。"

在头的高度，一台手机在漫射它屏幕蓝色冷光的水池里漂浮着。

罗伯特拉伸了一下小腿肌肉，向前走了几步。他走过她身旁时，肘部轻擦过她的乳房，他的阴茎在他的紧身运动裤中微微跳动。

"准备好了！"

他从面前的半空中拔出手机。对这种设备他可熟悉了。

"现在，罗伯特·劳埃德，"性感的齿草老爹说，"看

_____

1　1英寸等于2.54厘米，6英寸就是15.24厘米。

看这些画面。这是你的结局之一吗？"

他盯着屏幕，眉头紧锁，偶尔用手指滑一下手机。他对他看到的不甚满意。

齿草老爹安静地喘息着，啜啜作声，散发出青草的芬芳。

"罗伯特？这是你的结局之一吗？"

他摇摇头，把手机放下。"不，哦，不。"

他直起身，转向齿草老爹："求你了，不要……"

"罗伯特，说说你看到了什么。"齿草老爹说，她光滑的肉体已经开始绽出小小的嫩芽和花瓣。她漂亮的牙齿正在变软，变成有擦伤的白色浆果；她的嘴唇是色彩斑驳的红花菜豆。

罗伯特在流汗，他的腋下和胸部有黑色斑点。他拉开莱卡上衣的拉链，揩了揩眉头。

"哦天哪，不要。求你了。"

"怎么了，罗伯特？"

"是，是兰尼。他正在……我说不出口。"

"你看到什么就说什么，罗伯特。不然我们就没法继续。"

"他被……他被人虐待了。受到了伤害。"

"这是你的结局之一？你之前看到过吗？"

罗伯特盯着手机。他搔着头，就像一个被算术题难住的小学生。

"很抱歉催你，罗伯特，但我得问一下，这是你的结局之一吗？这就是你给自己儿子看到的结局吗？"

罗伯特不看手机，双眼发亮，盯着乔莉和皮特之前所待的地方，说："是的。"

手机不见了。

"棒极了，罗伯特。"齿草老爹说。她现在全身都被腐烂的花朵覆盖，变成了一个湿漉漉的、没有棱角的植物仙女，她原本优美到可以上电视的嗓音变成了粗哑的拖腔，她的眼睛和嘴巴里流出油状的绿色液体。

"非常勇敢。你当然看到过这些画面。承认这个很勇敢。现在，请看第二块屏幕。"

一台新手机出现了，罗伯特大步走过去，坚定地开始滑动屏幕，已准备好承受更多痛苦。但当他凝视着发光的空气时，他笑了。他松开一只拳头，吃吃笑了起来。

他转身朝背后的齿草老爹笑了笑。

"怎么了，罗伯特？这是你的结局之一吗？"

"太棒了！是兰尼，好得不能再好了。还活着！二十八九岁，或三十出头？穿着裁剪精良的正装，咧嘴欢笑，胳膊里搂着一位漂亮的姑娘。他的绿眼睛炯炯发亮！这套衣服太好看了。兰尼活得好好的，还快要结婚了！"

"可爱极了，罗伯特。这是你的结局之一吗？"

罗伯特为儿子的形象感到着迷。他现在如释重负，一身轻松，胸口大石落地，不假思索地答道："是的！"

大厅陷入黑暗。

不再有运动服，不再有手机。罗伯特颤抖着，他的太阳穴和脖子后面直冒冷汗。他不能说话，动弹不得，也记不起自己做错了什么。

"哦罗伯特，亲爱的。失败了。这种时候，你必须说实话。皮特做到了，不是吗？"

齿草老爹用气态的怀抱笼住他，把他拖过大厅，把浑身无力、迷糊发梦的他扔到一把塑料椅子上。

"真是差劲啊，罗伯特。"

罗伯特。

罗伯特？

"罗伯特？"乔莉轻拍他肩膀，但他睡得很熟。

"皮特？"

两个男人摊开四肢躺在椅子上，打着呼噜。

她环视四周，发现是村务会堂。她似乎回到了现实，或是醒了，或是还活着，或是摆脱了噩梦。她想知道自己是不是应该回去，她想知道那些二十四小时守在外面的警察有没有注意到她离开了，或许他们已经撤走，或许他们也彻底放弃了，或许一切都结束了，甚或一切从未发生。她拿干燥的手掌摩挲脸庞，在大厅寒冷而浑浊的空气中呼吸着，所有的洗礼、成人礼、退休、重大节庆和周年纪念；

那些守夜，那些父母和孩子共度的早晨。她呼吸着在她之前的几代村民身上的肉屑，那滋味尝起来就像霉菌和受潮的粗花呢。

"啊，终于，"一个声音从大厅的黑暗角落里传来，"就咱们两个人了。粉色3号票。重要的一票。决胜局。"

他盘腿坐着，显出一副她从未见过的漂亮形态：一件雕塑，一架神龛，一座由自然之物做成的闪亮祭坛。她踩过大厅里皱卷的树叶、细枝和长满青苔的地面，朝它走去。

是兰尼的凉亭。死去的齿草老爹正坐在里面等她。他装扮成一件花园中央的装饰物，房子大门口常见的批量生产的绿精灵，浓密橡树叶做的眉毛，微胖的脸颊，常青藤做的头发和小麦捆做的胡子。她可以看到他脸颊上换皮留下的痕迹，还有黄色价签揭去后黏糊糊的残迹。他耸耸肩，眨眨眼。

凉亭立在地上，像一只握成杯状的手，主体由巧妙串连起来的小树枝交织、填塞而成，用茎和卷须、欧洲蕨和泥，还有耐心剥离又编织起来的忍冬藤连成一体，因为填塞在孔隙上的苔藓和护根物而拥有良好的绝热性，席地就寝，可以度过一两个季节。凉亭又牢固又迷人。

"看看这里面。"齿草老爹说。她弯腰往里瞧，看到鸟蛋、鹅卵石和七叶树果，还有蜗牛壳和骨头装饰着内部，就像一个岩洞，就像一座精心装饰的小小的异教教堂。建筑层级像地质剖面一样自底部升起：一圈打成结的稻草，一圈覆盖着青苔的树皮，一圈从山毛榉树的隐蔽垃圾场里搜刮出来的碎瓷器。所有的东西都按整体设计思路、以表热烈欢迎之意而缝合在一起。这实在令人惊叹。她在齿草老爹身旁坐下，她信任他。

他歪着头，发问。

她点了点头。

他注视着她的眼睛，好像在寻求准许。

她屏住呼吸。

"请吧。"她说。

于是死去的齿草老爹轻轻破开时间，给她看兰尼。

凉亭消失了，一切还未建成，他们坐在晨光斑驳的林中地面上。传来她孩子的声音，在唱歌，是兰尼奇怪的半唱半哼式嘀咕，就在他们之间，他穿着学校发的短裤和T恤，闲荡着，计划着，察看着，熟练而专注，预先设下一些标记，清理地面，用棍子画出四面边界，又走开，带回来一捆东西，再走开，像延时视频，她在一秒钟里看到他一千次，她做的小翅膀似的东西，被加进他的作品里，日出日落一闪而过，日子逐一逝去，她认出他们的家庭生活，他的学校时光，她以为是他的真实存在的所在——而那不过是他曾去过的一个地方。

见到他真是太好了。无比幸福。他不是真的兰尼，他只是兰尼对自己触摸到的事物的记忆。她知道。他是透明的，就像在现实中进出的光，但不变的是他的举止、他的声音、他华丽的肢体语言和他非凡的绿色眼睛。她注视着，看到凉亭变成了树林的一部分。一只鹿把头探进帐篷口，然后是一位拿着骨骼解剖图的中年女士，然后是一只松鼠，然后是兰尼躺在地上以他最高的音量歌唱，一边双臂合抱起地上的一层护根物，一边咧嘴笑着，然后他呜咽，捶打地面，然后他弓腰驼背地写他奇怪的小菜谱、他的信、他的计划，然后他不见了，凉亭是半建成的状态，等待着，伴随温暖来到这里的，是怪异而灰暗的刀子似的光。一个神圣的地方。齿草老爹的混凝土皮肤已经软化，沙沙作响，现出生机，他现在是真正的树叶了，他朝乔莉微笑着，用口型说出"看啊"这个词。

墙壁出现在他们周围，兰尼在打包、摆弄什么，稍作调整，打好结又口作啧啧声，一边吹口哨，一边说着什么，乔莉的脸颊上感受到了他温暖的动物似的气息。她闭上眼睛，感受着昼夜交替的脉动，当她睁开眼时，墙已经建好了，兰尼正在齿草老爹和她之间奔来跑去，把蜗牛壳、粉笔、挑选出来的坚果和硬浆果，还有昆虫尸体和造型奇异的树枝放到每一处可能的空隙里，然后她看到其他孩子——她第一眼就认出那不是兰尼——冲进了凉亭，笑着，其中一个砸碎了一面墙，兰尼回来了，在耐心地修复那面墙，一边工作，一边微笑，然后他躺下来，直视着他妈妈的眼睛。她微笑着，她的孩子也向她微笑着。

他唱着"祈祷吧，行善吧，不然死掉的齿草老爹就找上你"，然后闭上眼睛。

他说："老人的胡须、常春藤和青苔，平安度过几百个季节。"

"兰尼？小宝？"

他听不到她。

齿草老爹蹲在她对面，已经变黑了，叶状的头部变得成熟，长出霉菌、真菌和棕色的波纹，汗涔涔的，腐烂和酵素的气味浓重。他闻起来像自然真理，像性和死亡。这气味令人舒慰，乔莉抱住自己，吸入气息。房间震动着，打着呼噜，嗡嗡作响。齿草老爹似乎正在皱缩、枯萎，蘑菇变黑，变成湿乎乎的团簇，变成潮湿的、疙疙瘩瘩的秋季堆肥。

他盯着她。他举起一只手，这只手由一朵完美的红蘑菇变成一团苍蝇，消失了。他把另一只手的模糊轮廓举到唇边，给了她一个飞吻。

他说了什么，但她听到的只有呼哧呼哧的喘气声。他正在沉入地面之下。

"什么？"她说，"你说什么？"

他似乎在低声说"跟着"或"为你"。随着他逐渐消失，他的脸像污渍一样变黑。

她看到兰尼正在把东西装进包里，准备离开。夜晚正从墙缝里悄悄潜入。

"不！"

乔莉惊慌失措，想要伸手去够儿子，却被困在原地。她的腿被定住了。她动不了。

兰尼蹦起身，抓起包，从凉亭里钻出来。

"等等！"

他跑着离开，沿着小路，经过"猫王发型"山楂树，越过栅栏，进入黑暗的树林，在林木间飞奔而过，跳过树桩和荆棘，背包在背上蹦跳。

"兰尼！"

她想追上去，却只能眼睁睁地看着。她只是幻象，不是实体。她跟在后面，但不是以自己真实的速度，她没有接触地面，也感受不到天气。她被困在真实和非真实之间，穿过不完全的空气，穿过结实的树木。她就像一架摄像机，跨越片场移动追拍。这真是十足的折磨，但她却深深感激，那种对她得以目睹之事的感激之情，简直像嗑药带来的愉悦。她得以目睹兰尼。他们到了哈切特树林。

在老树林的陡峭侧翼与围栏环绕的农地边缘相接的地方，长着约一百米宽的较为稀疏、细瘦和幼小的树木。那感觉就像一条边界线，一个她不清楚界线两边各是什么地方的聚集之所。这个聚集之所蓄势待发，像一处空舞台，准备就绪，临阵以待。

她走到兰尼身边，兰尼正跪在地上，摸索着，把一片之前有意堆出来的树枝地毯推到一旁。他打开下水道的大金属盖子。他用螺丝刀撬开盖子，把手指塞到下面，往上一抬，抬了起来。一声闷响，盖子落在厚厚的落叶地毯上。

乔莉大声呼唤，但她知道他听不见。

兰尼的营地是一处废弃的雨水排水沟，挖在山里，除非走到附近，不然不会发现。这是一个适合男孩栖身的完美空间，一处在森林地面上凿出来的隐蔽所。一块绝妙的藏身地。

她看到他爬了进去。

"兰尼，不要！"

她看着他坐在比地面低三英尺的金属格栅上，看着他取出他的笔记、他的钢笔、他的一串幸运符、他的书、他的小水瓶和他的零食。

她惊恐地看着他在下方的铁格栅上坐立不安。两只脚动来动去。她看见他听到了咔嚓声和移位声，看见他意识到情况不妙的可怕瞬间。一种担忧的表情掠过他脸上，云的阴影在空地上砸下一块黑色的瘀伤。

砰的一声，尖叫响起。

小小的金属折页"咔嗒"一声，生锈的格栅从废弃排水沟的侧壁上脱落，掉了下去。秘密世界崩塌了。孩子和他的所有小物件一瞬落入黑暗。

兰尼在黑暗深坑的地上痛苦地哭泣，乔莉大喊，双手抓着空气，但她并不真的在场。她绝望无助，无法发声。他爬不出来，她也爬不进去。

她听到从洞里传出尖叫和哭喊，还有呼救的大叫，那嗓音随着痛哭而越来越嘶哑。她孩子心灵的声音因恐惧而变得尖锐。困窘、羞愧，还有因令人困惑的伤痛而发出的尖叫。

央求的呜呜声和迸发出的尖叫声。他乞求有人能找到他。他尝试了所有可能的攀爬、抓摸或寻找抓手处的努力。他被困住了。他百般尝试。他把书扔出去，书悲伤地在半空散开，落在了地面上。兰尼大吼大叫，呼唤着他的父母，他的伙伴，他的老师，他的朋友皮特。他呼唤着所有人。

月亮在树林中洒上一层平坦的月辉地毯。她再难承受。她不顾一切地想往洞里看。想伸手摸他。她渴望爬进去和他待在一起。但她知道她只是在看一次重播，她只是从一处时间折叠里看着。时间。夜晚的美妙时刻，在树林里，看着你的儿子消失不见。

她想到了画中的圣母，一位幻想中的母亲，双膝上有一处空位，那空位属于未来。她的手蜷曲着，勾勒出一个不在场的人，爱抚着她的儿子待过的地方。

时间加速又停顿，以乔莉熟悉的方式摇摆、失常：到了黑暗时刻就加快，这样她就不必听儿子哭泣；当他安静时，时间就几乎静止，在他们两人之间只有可怕的亲密。在这种不真实的相遇中，有一种优雅，就像他刚出生的时候，就像他还是那个头一回呼吸和进食的小婴儿的时候。

他定量分配饮水，但第二天早上喝下了最后一小口。

大段大段的静默。她刚度过的那一周的一些片断。一个警察一边沿着树林的最远边疲惫地走着，一边拍照，乔莉尖叫，绝望地。她无声地大喊，他在这里，他就在这里。怎么可能还没找到他呢？

一队穿着荧光黄夹克的志愿者一边沿着田野边缘走着，一边用手杖抽打高高的草丛。

一只獾转过身来，冷漠地嗅着那本翻开的平装书。

一个男人走近洞边。他一边抽着烟，一边叫着兰尼的名字，走路时踢起了叶子。他搜寻着，但似乎并不期望能找到。兰尼一定在睡觉，没有大声呼唤。那个男人走开了，又一个夜晚来临。

过了一段时间，她听到了歌声，随着兰尼开唱，歌声婉转地飘到了洞外。一只花环，由部分押韵的童谣、面目全非的流行曲调，还有反复的啜泣或呼救连缀而成。他的希望开始破灭。

他说自己渴得要命，快冻僵了，说到自己的大便、小便和眼泪。乔莉的心都碎了。她听到他说着古怪的祈祷词，他把祈祷词晃得空荡荡，然后吐出来。现在我们下方在生长，我们上方在生长。

收集雨水，他厌恶地大叫着，恳求着，他梦想喝到水。他舔着洞穴里长满青苔的墙壁。他吮吸着脚下肮脏的苔藓簇。他讨厌自己。他对人体有相当了解，知道如果不喝水，他的身体就会衰竭。

在第四天或第五天晚上，兰尼对妈妈说起了话。他说对不起。他告诉她他爱她。他低声诉说着感激和遗憾的事。他说他太渴了，渴到每一秒钟都能发明一次水的概念。他说对不起对不起对不起对不起对不起。对不起，妈妈。对不起，爸爸。跟阿奇、阿尔夫和卢卡斯太太说对不起，跟皮特说对不起，跟外婆说对不起。他描述了他的凉亭，希望她能找到它。他唱到生而为人这令人讨厌的陌生感，唱到被困在寒冷潮湿的排水沟里而他的床离这里有半英里远的痛苦。他啜泣着，乞求有人能发现他。

"请找到我。"

他说："妈妈，我要死了。我要死了，妈妈。"

过了很久，他闭上眼，朝一侧蜷起身子，颤抖着，他回忆。就在他滑向黑暗的睡眠，就在他舌头变硬、血液流动变慢、精神疲惫不堪的时候，他低声说："齿草老爹？"

乔莉感到身体针刺般疼，整个场景清晰起来，活灵活现。空气清新。森林苏醒。

兰尼说："齿草老爹？你之前说好的。我口渴。求你了？"

"齿草老爹？"

离兰尼受困的地方五十米远处，一棵山毛榉的幼苗颤抖着，开始变壮，化作一个小小人类的形状。

乔莉看着他，意识到的同时露出了微笑。

当然了。

他是一个孩子。

她猜他肯定穿着和原来皮肤近似的衣服。翠绿色的。他小小一只，平静地站在矮树丛旁，一只绿茎的换生灵[1]。他在黄昏中赤身露体，容光焕发。叶子或茎扑动的细边承受了他脚步的重量，他变成哺乳动物，再仿佛溶解似的变回植物。现在他看起来很开心。在黄昏的这一刻，空气中弥漫着一种难以言喻的宁静，似乎是从他身上散发而来，亘古如此。乔莉看着他容光焕发地缓缓向前挪动，意识到他的美好。也许是神。

---

1 换生灵，（许多欧洲国家的民间传说中）仙女留下的丑陋、愚蠢或怪异的孩子，以代替漂亮、迷人的人类孩子。

他踮起脚尖向他的朋友走去，他的朋友被困在森林地面之下。他来到洞口边，躺下来，隔着盖子往下看去。

他和那个男孩说话。

兰尼·格林特里，你让我想起了我自己。

他站着。他似乎在看着乔莉。她并不总能看到他。她的大脑和眼睛不知道该互相发送什么信息，所以毫无办法。他在实在、保护色或不存在几种形态间切换，在森林背景前闪烁发光，她还是难以置信。但她就像一个训练有素的做梦者，明知醒来的痛苦总会来临，却还是会中断自己的梦或纠缠其中，于是她集中精力。她看得太过用力，可能会崩溃。

齿草老爹把一只胳膊伸在洞口上方，上面长出他心中所念。

一只苹果从他张开的手掌上长出果肉，自一大团绿色物质中缓缓升起，旋转着长出了红褐色的皮。一只长着斑点、完美成形的苹果，最合适不过。他把苹果扔进去，交给兰尼。然后他走开，然后又犹犹豫豫地回来，然后绕着洞口转，与其说是一个身影，不如说是物体间荡漾的能量。然后他一动不动地站着，集中精神，在微风中摇摆，扭动手指，榛子出现了。他摇晃、拍手，李子出现了。再来一把樱桃。一些山毛榉果实和野大蒜，几十只小野草莓、覆盆子和罗甘莓，都在他身上慢慢地成熟和掉落，落进洞里，让这个孩子能活下去。

他的美好愿望得到了奇迹般的收获，这似乎让他高兴，就好像为了救这孩子他等待已久。他把黑莓和越桔扔进去，绕着隐匿之处慢慢走了一圈。他倾听着下方开宴会似的惊惶未定的嘈杂声。齿草老爹笑了，笑声正如一百只小鸟腾空而起的动静。他弓身向前，把双手拢成杯状，闭合身上的气孔，做成一只优质的叶子容器，再灌满水，从地下的白垩岩含水层里流出来的冰凉的泉水。他把水倒进去，给孩子喝。

每一个生命体都参与其中。

夜幕降临，死去的齿草老爹收工了。

乔莉醒了。她一直躺在森林地面上。她说不清自己在那里躺了多久。月亮隐现，空气发寒，她失去了方位感。

颤抖的树林中有一道微小的声音。在叫她。

很难看清，但她头上的林木线散发着微弱而稳定的光，她知道不只有她自己。她知道自己离声音很近，就喊道："我在这儿！"

茂密的常春藤和荆棘组成的栅栏，倒下的树，电线和腐烂的木桩，她知道自己离得很近，就往前挤过去，踢开成堆的欧洲蕨，但她没有发现，林木线还是那么遥远，密布着灌木丛和虬结的草堆，她记得那个地方更空旷、更明亮、更近。她毫无发现，她又一次膝盖着地，她看不清，在斜坡上艰难地移动，感觉随时会朝后仰倒，一路滚落下去。她从后面被猛推着，两只有力的手，另一具身体的力量提供了支撑。罗伯特也来了，和她在一起，像在战场上一样大喊。他们向上爬到更近处，周围有点儿熟悉，但不是她早前看过的样子，一些原木、旧车残片和大块燧石绊到了她，在她和林中空地之间隔着茂密的荆棘。乔莉撕扯着缠结的荆棘，手流血了，罗伯特朝着杂草和荆棘组成的堡垒一脚一脚踢着，在乔莉快要失去平衡朝后倒下时，两只更有力的手推住乔莉的背，皮特也来了："加油！"皮特拉扯荆棘，踩踏荨麻，把发霉的大块林木滚到一边，咆哮着："我找到你们了。"他们三个向前推进，仿佛接到指引。三人合力，不顾一切的努力。他们又扯又拽，胡乱挥打，乔莉呼喊着"兰尼"。

她高声呼喊他的名字。皮特和罗伯特加入进来，大声呼唤他。他们连推带挤，喊着他的名字进入荆棘丛，进入一团黑暗处，寻觅着道路的细微痕迹；然后，他们进入了一处开放空间，熟悉的气味和潮湿的树叶，一堆古旧的碎玻璃瓶，一只交通路锥，可辨识的、属于现代的垃圾，罗伯特认出一只塑料运动水壶，尖叫起来，另外两人也跟着他叫起来，乔莉说就是这里，就是这个地方了。有一只密封袋，干净、簇新，一本平装童书，他们开始发现物件，他们随着每个发现大喊出声，现在来了一些狗加入他们，紧张而忙碌，气喘吁吁地向前推进，时而嗅探，时而吠叫，四周很暗但光点闪烁，来了别的人，许多声音随着火把，随着手套和结实的靴子传过来，目标清晰，巨大的园艺剪，汽车，灌木丛被光照得透亮，地面突然就只是地面，变成了一个小小的、平平的、温馨的地方，请让一让，站开一些，有一只金属盖子，然后是一处混凝土方格，一个张开的洞，收音机的噼啪声和下方深处的蓝色光，叫喊声和嘈杂声，还有警笛声和短信声，手机屏幕，咆哮的男人们呼喊"让道"，呼叫设备，呼叫案发现场急救，呼喊"保持冷静"，乔莉尖叫着"安静"，俯下身，把手伸了进去。奇怪的排水沟周围的那一小块光芒、手势、哔哔声、喘息声和咒骂声，突然之间，在森林中，都停住了。

　　每个人都安静下来。

　　只有一位母亲，和她孩子的名字。

佩 吉

虚假，结局。傻瓜的食物，从来不像他们自称的那样。然而。

在他们把兰尼从哈切特树林的下水道里拉上来的那个夏天，我死了。我的心跳停止，但身体撑着大门又站了十五分钟。几个人对我冰凉的尸体说下午好。最后，一阵微风吹倒了我。我在小路上躺了一两个小时，直到意识到我可以走了，我可以起身，把已经腐朽的佩吉留在小路上。

我通常在夜里去兰尼的地盘，那里有了明显的变化。在靠近事发地点的地方，立着一棵小树苗。它永远不会长大。它有少年的身高，健康，晒得到夕晖。

那上方有一种更加柔和的吹息，当它吹过的时候，风的深度有所不同。那个男孩的出现改变了这个地方。他的歌曲留下了些什么。

他现在改了名字。被问为什么要改，他讲了一个简单的故事：他跌落下去，他睡着了，他很害怕；他能活下来，就是因为有一包零食。

他知道人们被他们期待的或想要的故事骗过去了。他知道，当他活着被人发现的时候，他成了一个活生生的罪人。

海报和传单被投入再循环，警察离开，联络官升职，罗伯特和乔莉的婚姻破裂，彼得·布莱思不再展出新作品。兰尼现在个子更高，毛发也更浓密，他动作更慢，问的问题更少，对人与自然的思考也更直接。他在公交候车亭后面聚会，和朋友们一起抽烟、大笑。

他也想过忘掉死去的齿草老爹。就像某种语言的最后一个使用者一样，他为了生存不得不忘掉它，但一些有关齿草老爹的事却活在了他的骨髓里。

我还可以继续说下去，不过你看：

在英国一片人工树林的深处，一位老人坐在树桩上，凝视着一棵倒下的树的树根。

他拿出一大本画纸和两块木板。

他打开一小盒木炭，取出一根易碎的柳木炭条。他坐着看了十分钟，什么也没做。山毛榉树注视着他，他在树冠下安然无忧。

然后，他开始了，单单用手掌根横移过纸面，不做标记，只是让他的手臂、眼睛和他眼神所及的形式相互熟悉；然后，他开始以自信的笔触勾画树根，让树根在画纸上成形。他的线条一想到树根就跃动、纠缠，树根化作骨头、缠结的身体、烧毁的建筑、荒废的巨型工业体系的金属框架、人侧脸的轮廓、蛇、绳结，还有蛀牙；他笑了，因为随着他加重笔触和逐渐定形，它们看起来、感觉起来都像是树根了。

"疯皮特。"

"啊,晚上好,先生。"

老人弯下腰,把他的画放在地上。他站着,因为骨头疼而一手扶腰。

"过来这里。"

两个人拥抱在一起。年轻人比他高一英尺,俯身拥抱时,看到了地上的画,笑了。

"不错啊。"

"好吧,丢勒大师,你来试试。"

年轻人从背包里拿出两瓶啤酒。他摸索着找出钥匙,然后打开两只瓶盖,给了老人一瓶。他们咕咚咕咚喝起来。

"这是妈妈给你的,"男孩说着,递给他一本书,"她新书的签名本。"

"哦,该死,又要做噩梦了。"

"噩梦总不会少。"

老人从本子上撕下一张纸,用金属夹固定在备用木板上。他把木板和一根炭笔递给他的伙伴,朝着那棵翻倒过来的树点点头。

他们还有一两个小时的好光线。

他们画起了身边的树木。